은해상단 막내아들 9

초판 1쇄 발행 2024년 2월 21일

지은이 ┃ 향란
발행인 ┃ 최원영
편집장 ┃ 이호준
편집디자인 ┃ 한방울
영업 ┃ 김민원 조은걸

펴낸곳 ┃ ㈜ 디앤씨미디어
등록 ┃ 2002년 4월 25일 제20-260호
주소 ┃ 서울시 구로구 디지털로 26길 111 JnK디지털타워 503호
전화 ┃ 02-333-2513(대표)
팩시밀리 ┃ 02-333-2514
E-mail ┃ papy_dnc@dncmedia.co.kr
블로그 ┃ blog.naver.com/gnpdl7

ISBN 979-11-364-5216-0 04810
ISBN 979-11-364-4602-2 (SET)

9

향란 신무협 장편소설

PAPYRUS ORIENTAL FANTASY

은해상단
막내아들

PAPYRUS
파피루스

44장. 빙해수절공

빙해수절공

　우리가 탄 화리선점의 배가 움직이자, 주변에 도우러
왔던 배들도 같이 움직였다.

　지난 삶에서처럼 주변에 있던 배들이 같이 도와주었으
니까.

　물론 우리가 빠르게 다가가 구조한 덕분에 다른 배들은
그냥 사람들을 받아 주기만 했다.

　곧 배는 대건선점 근처의 선착장에 도착했다.

　대건선점의 배가 뒤집혀 죽을 뻔했던 승객들은 당연히
가만히 있지 않았다.

　단체로 대건선점으로 몰려가 항의를 했다.

　하지만,

　"여기 써 놓은 거 보면 아시겠지만, 사고가 발생해도
저희 선점에서는 그 어떤 보상도 없습니다."

정말 벽에는 떡하니, [그 어떤 경우에도 피해 보상은 없습니다]라고 적혀 있었다.

"배가 침몰한 탓에 저희도 손해가 막심합니다! 그러니 이만 돌아가십시오. 자꾸 이러시면 현청에 신고하겠습니다."

오히려 고자세로 나오는 대건선점의 점주.

승객들은 하는 수 없이 푸념을 늘어놓으며 물러날 수밖에 없었다.

"이런-!"

"에라이!"

"내가 다시는 대건상단 물건을 사용하나 봐라!"

그 모습을 본 나는 기가 차서 고개를 절레절레 저었다.

예상은 했지만, 정말 가지가지 하네.

내가 알기로 대건선점의 점주는 상단주의 셋째 아들이다.

교육을 어떻게 받았는지는 모르겠지만, 장사에 있어서 가장 중요한 고객을 응대하는 자세부터가 틀려먹었다.

지난 삶에서 이 일이 아니었어도 어차피 망했을 거라는 생각이 들 정도.

아무리 책임을 회피하기 위해 저런 것을 적어 놓았다고 해도 사과 정도는 할 수 있지 않나.

하지만 현청에 신고를 하겠다니, 적반하장이 따로 없다.

덕분에 또 하나의 명분이 생겼다.

다음 날 아침 곧바로 현청으로 향했다.

현청에 도착한 나는 곧바로 지현을 뵙기를 청했다.

"어디의 누구십니까?"

"은해상단의 소단주, 은서호라고 전해 주십시오."

상단의 명성이 있던 덕분에 나는 오래 기다리지 않고 지현을 만날 수 있었다.

"그래, 자네가 나를 보고자 했다고?"

"그렇습니다. 은해상단의 소단주, 은서호가 지현 대인을 뵙습니다."

"무슨 일 때문에 나를 보고자 했는가?"

"어젯밤, 동정호에서 대건선점의 배가 침몰한 일에 대해서 아십니까?"

"……알고 있지."

"그 일에 대해 조사를 요청하고자 찾아뵈었습니다. 이는 분명 대건선점 측의 과실인데, 그들은 그에 대해 부정하고 있습니다."

내 말에 지현이 혀를 찼다.

"대건선점의 과실은 없었네. 밤이라 어두운 가운데 어쩌다 보니 일어난 원인 불명의 사고일 뿐이네."

"벌써 조사가 끝난 겁니까?"

"물론이네. 이미 직접 현장에도 다녀왔지."

대체 언제?

나는 그곳에서 지현의 코빼기도 보지 못했었는데?

그러면서 지현은 은근한 미소를 지으며 점잖게 말했다.

"은해상단의 명성이 높은 건 알겠네만, 큰 상단이 이런 식으로 작은 상단을 핍박하는 건 별로 좋아 보이지 않네."

확실하다.

내 앞의 지현은, 대건상단에게 돈을 받아 처먹었다.

"정말 그렇게 생각하십니까?"

"그렇게 생각하는 게 아니라, 그게 진실이네."

"방금 하신 말씀, 그대로 황제 폐하께 상신해도 무방하겠습니까?"

나는 한숨을 내쉬고는 품에서 감찰어사의 패를 꺼내 그의 눈앞에 내밀었다.

"응? 그게 무슨……."

내가 내민 감찰어사의 패를 본 지현의 얼굴은 사색이 되었다.

"헉!"

나는 조용히 하라는 신호를 보내고는 작은 목소리로 말했다.

"황제 폐하의 밀명을 받고 활동 중입니다. 저의 정체를 다른 이들에게 알린다면 이에 대한 책임을 묻겠습니다."

"……."

"아시겠습니까?"

그는 사색이 된 얼굴로 연신 고개를 끄덕였다.

그리고 보다 확실하게 일을 처리하기 위해 두루마리까지 꺼내어 내밀었다.

"황제 폐하께서는 저에게 직권 조사를 명할 수 있는 권한을 주셨습니다. 하여 이 일에 대한 보고서는 그대로 황제 폐하께 상신됩니다."

나는 방긋 웃으며 말했다.

"이미 조사가 끝났다고 하셨죠? 직접 현장에도 다녀오셨다고 했고. 그러면 제가 보고서를 작성할 수 있게 말씀해 주시겠습니까?"

지현은 떨리는 목소리로 고개를 숙인 채 애원했다.

"사, 사실, 어젯밤에 조사했다는 건 거짓말이었네!"

역시 예상대로였다.

계속 말해 보라는 듯, 가만히 듣고만 있자 그는 술술 자백했다.

"대건상단에서 이 사건을 덮어 달라고 거액을 건네는 바람에 그만…… 거짓을 고하고 말았네."

"그런 사정이 있었군요."

"지금이라도 제대로 조사를 하도록 하겠네. 그러니 한 번만 봐주게나."

"으음……."

"제발 한 번만 봐 주게나. 늙으신 어머니도 봉양해야 하고, 부인과 자식들도 부양해야 하네."

"하아, 알겠습니다. 이번 한 번만 묵인해 드리지요. 다음에 또 이런 소식이 들려오면 그때는 넘어가 드릴 수 없습니다."

"고맙네. 정말 고맙네."

연신 고개를 숙이는 지현대인.

그를 강하게 처벌할 생각은 없었다.

관료들의 녹봉이 짠 것도 사실이고, 그가 큰 범죄를 저지른 것까지는 아니니까.

그나저나, 이걸 보니 문득 숭양현의 지현이 떠오른다.

우리 상단이 점점 커져 가면서 바라는 선물의 기대치가 높아지고 있었으니까.

거기도 한 번 방문해야지.

나는 지현에게 말했다.

"지현대인."

"네, 네. 말씀하십시오."

"제대로 된 조사가 필요합니다. 갑(甲)부터 계(癸)까지 탈탈 털어 주십시오."

"그리하겠네."

.

.

.

현청을 나와서 화리선점으로 가는 길에, 한 가족과 마주쳤다.

어젯밤에 내가 구해 준 아이와 그 부모였다.

"아! 선협미랑 대협 아니십니까?"

"부끄럽군요. 아직 대협이라는 말을 들을 나이는 아닙니다."

"그럼, 소협으로 부르겠습니다. 그런데 어딜 가십니까?"

"화리선점으로 가는 길입니다. 그런데…… 아이는 괜찮습니까?"

"네. 의원이 이제 가도 된다고 하여 지금 막 일어났습니다."

"다른 아픈 곳은?"

"없습니다."

"다행입니다."

진심으로 안도하는 내 모습에 아이의 아버지가 포권하며 말했다.

"모두 소협 덕분입니다. 이 은혜, 절대로 잊지 않을 것입니다."

그는 나에게 고개를 숙이며 말했다.

"소개가 늦었습니다. 제 이름은 황본지(黃本枝). 귀주에서 왔습니다. 그리고 옆은 저의 내자이고, 어제 구해 주신 아들 녀석의 이름은 황인선(黃仁先)입니다."

"은해상단의 소단주 은서호입니다. 그리고 여기는 제 시종이고, 제 호위들입니다."

나는 우리 일행까지 소개하고는, 미소 지으며 인사했다.

"그럼, 저희 먼저 가 보겠습니다."

"예, 조심히 가십시오."

나는 다시 인사를 하고 그들을 지나쳐 화리선점으로 향했다.

지난 삶에서 벌어졌던 배의 전복 사건.

그 정도 사건에 황제가 나서는 것은 매우 이례적이다.

보통 이 정도는 보고도 되지 않을 정도인데, 그 이례적인 일이 발생한 이유가 바로 저 사람 때문이었다.

학사 황본지.

한때 모함을 받아 낙향했지만, 황제가 그를 아껴 다시 북경으로 불러올렸다.

하지만 그사이 그는 돌아올 수 없는 강을 건넜고, 이에 황제는 조사를 명했다.

그 와중에 동정호의 대건선점의 배가 전복되었던 일에 대해서 알게 된 것이다.

지난 삶에서 황본지 학사는 아들의 생일을 맞아 아주 큰 계획을 세웠다.

아들이 호연지기를 기를 수 있도록 하고 싶은 마음에, 표국에 의뢰해서 가족들과 같이 동정호를 보러 온 것이다.

하지만 그들의 주머니 사정은 넉넉하지 않았고, 당시에도 싸게 판매 중이던 대건선점의 배에 탈 수밖에 없었다.

하지만 불행하게도 배가 전복되었고, 그 와중에 부인과 아들이 먼저 익사하고 말았다.

이에 상심한 황본지 역시 시름시름 앓다가 사망했고, 이 사실을 알게 된 황제가 크게 노한 것이다.

내가 볼 때 황제는 자신의 일을 줄여 줄 인재를 잃었다는 사실에 분노한 것 같지만.

아무튼, 그렇게 대건상단은 두들겨 맞고 몰락한 것이다.

뭐, 이번에는 내가 가만두지 않을 생각이지만.

"어서 오십시오."

내가 화리선점에 가까이 가자 강 점주가 얼른 달려와 나를 맞아 주었다.

"어젯밤에 있었던 일 때문에 손님들이 없을 줄 알았는데, 손님들이 제법 많군요."

"그러게 말입니다."

그는 웃으며 말했다.

"솔직히 저도 얼떨떨합니다."

그는 이유를 모르겠다고 했지만, 나는 알 것 같았다.

그건 평소에 철저하게 안전을 따지던 그의 성격 때문이었다.

여기로 오면서 한 상점에 들렀었는데, 그때 흥미로운 대화를 들었다.

"하지만, 배가 뒤집혔다고 들었습니다."

"그렇게 걱정되면 화리선점으로 가면 돼."

"안전한가요?"

"거긴 안전해. 너무 안전을 챙겨서 탈이지."

그 대화를 떠올리며 나는 피식 웃었다. 하긴, 진짜 좋은 사람은 주변 사람이 인정해 주는 사람이다.

이제 이 사업도 순풍을 타겠군.

그나저나…….

어젯밤에 봤던 그건 대체 뭐였을까?

황인선이라는 아이를 구하기 위해서 동정호에 들어갔을 때 본 바닥의 바위.

익숙한 느낌이 들었고, 그곳에 가야 한다는 직감이 강하게 뇌리에 남았다.

설마…… 설풍궁의 흔적?

조사님께서 그렇게 말씀하시기는 했지.

이곳저곳에 흔적을 남겨 놓으셨다고.

그런데 북해에 다녀온 지 얼마나 되었다고…….

어쨌든 한 번 확인은 해 봐야 할 것 같았다.

* * *

그 시각.

대건상단주의 심기는 별로 좋지가 않았다.

"그래서, 그 배를 포기해야 한다?"

"그렇습니다."

오진축 부관이 조심스럽게 말했다.

"이곳저곳에 알아봤지만, 배가 너무 큰 데다가 완전히 가라앉아서 다시 끌어 올리는 건 불가능하다고 합니다. 굳이 방법을 찾자면 잠수해서 배를 분해하는 것인데…… 그러면 배 값보다 훨씬 비용이 비싸게 들어갑니다."

"……."

그때 옆에 앉아 있던 한 청년이 말했다.

"아버지, 그러면 저 이제 장사 못 하는 겁니까?"

"……."

"모처럼 정신 차리고 일을 좀 해 보려고 했더니만, 하늘이 안 도와주네요."

"닥치고 있거라."

"……네."

대건상단주가 미간을 찌푸리며 부관에게 물었다.

"그 배가 얼마였지?"

"은 삼백 냥이었습니다."

그 말에 대건상단주는 지끈거리는 머리를 부여잡았다.

대체 뭐가 문제였을까?

화리선점의 사업을 자신들이 홀랑 먹으려고 했던 것?

아니면 화리선점과의 경쟁에서 이기기 위해 가격을 낮추면서 손님들을 많이 태운 것?

'한 번에 승선 정원의 두 배의 사람을 태우면 돈도 두 배가 되니 그리하긴 했다만…….'

선원들이 이를 극구 반대했지만, 그의 말을 거역할 수는 없었다.

그때였다.

"상단주님! 큰일 났습니다! 상단주님!"

"무슨 일인가?"

"현청에서 포졸들이 나왔습니다!"

"포졸들이?"

대체 무슨 일인가 싶어 마당으로 나오자, 이미 포졸들 수십 명이 상단의 마당에까지 들어와 있었다.

"이게 무슨……! 아, 지현 대인!"

마침 지현이 그에게 다가왔다.

"갑자기 무슨 일이십니까? 그것도 이렇게 포졸들까지 데리고……."

"어제 있었던 사고에 대해 조사를 하기 위해서 찾아왔소. 협조를 부탁드리오."

"그 일은 원인불명으로 결론이 난 거 아닙니까? 이거 왜 그러십니까?"

그는 작은 목소리로 속삭였다.

"혹시 선물이 부족했던 것입니까?"

"그게 아니오."

"네?"

"내가 아무리 선물을 좋아해도 내 목숨이 가장 중요한 법이오."

"……!"

그 말에 그는 화들짝 놀랐다.

지현이 자신의 목숨을 챙겨야 할 정도의 상황이라는 건 사달이 나도 크게 났다는 의미니까.

대건상단주는 눈앞이 하얘지는 걸 느끼며 그 자리에 털썩 주저앉았다.

'젠장. ×됐구나!'

그날 밤.

나는 서우 무사와 팔갑을 데리고 그 바위가 보였던 호숫가 쪽으로 향했다.

"그러니까, 동정호 바닥에 뭔가 있는 것을 보셨다는 겁니까요?"

"응."

"그걸 확인해야 잠이 오실 것 같다는 말씀이시고요?"

"응."

서우 무사가 한숨을 내쉬며 말했다.

"이거, 제가 빨리 수공을 익혀야겠습니다. 생각보다 필요한 일이 계속 생기는군요."

"익혀 두면 제법 유용하긴 하더라고요."

이유가 어찌 되었든 뭐든 익혀 놓아서 나쁠 건 없다.

나는 옷을 벗어 팔갑에게 건넸고, 얇은 저고리와 바지만 입은 채 동정호 안으로 들어갔다.

"다녀올게."

"조심하십시오."

"조심하셔야 합니다요."

나는 고개를 끄덕이고는 동정호 안으로 쏙 들어갔다.

후우…….

나는 천천히 빙해동화심법을 행했다.

체온이 점점 내려가며 내 몸이 물과 동화되고 있다는
게 느껴졌다.

그리고 빙해수절공을 이용하여 몸을 움직였다.

내 몸은 물속을 자유로이 오가는 물고기처럼 재빠르게
움직였다.

그리고 내 기억 속의 그 장소로 향했다.

사방이 어두웠지만, 빙해동화심법 덕분인지 시야를 방
해 받지는 않았다.

그렇게 반 각 정도 헤엄쳐서 들어가자, 가라앉아 있는
대건선점의 배가 보였다.

그렇다면 바위도 이 근처에 있을 터.

나는 천천히 주변을 살폈다.

"......!"

저거로군.

나는 미소를 지으며 천천히 그곳으로 다가갔다.

그 바위에는 낯익은 글자가 적혀 있었다.

[눈과 바람의 후인이여, 자격을 증명하라.]

나는 빙해동화심법을 운용하면서 그 바위에 손을 가져
다 대었다.

우우웅.

곧 바위가 울리며, 그 바위에 익숙한 흔적들이 새겨지
기 시작했다.

그걸 본 순간, 조사님께 강제로 갇혀서 진설십이식검법을 익혔던 것이 떠올랐다.

정말 힘들었지. 그런데 그걸 또 해야 한다고?

그때 느껴지는 바위의 진동.

웅웅, 웅웅,

바위가 '제발 그냥 가지 말라고' 애처롭게 우는 듯 느껴지는 건 내 착각이겠지?

나는 한숨을 내쉬었다.

문득 북해에서 뵌 조사님의 모습이 떠올랐다.

"후인이 그걸 익히지 않으면 설풍궁의 무공은 영원히 사라지는 거겠지."

그리고 눈물까지 보이셨지.

치사하게.

젠장, 할 수 없지.

내가 아니면 설풍궁의 진짜 무공은 영원히 사라지는 거니까.

내가 이렇게 마음이 약하다니까.

바위에 드러난 흔적을 살펴보자, 빙해수절공을 운용하며 물속을 걸었을 때의 족적이 보였다.

엄밀히 말해서 무흔보법의 족적이지만, 물이라는 특수한 환경과 빙해수절공으로 인해 무흔보법과는 살짝 달랐다.

빙해수절공을 운용하며 바위 위를 걸어 봐야겠네.

그렇게 마지막 족적에 내 발이 닿았을 때.

"……!"

순식간에 시야가 반전되며 전혀 다른 장소로 이동했다.

하지만 이번에는 당황하지 않았다.

내게는 너무나 익숙한 공동이니까.

"여기를 또 오게 되다니."

"꾸이! 꾸이!"

반가운 소리에 발밑을 내려다보자, 금령이가 내 발을 앞발로 툭툭 건드리고 있었다.

"너도 왔네?"

그러고 보니 물속에 들어갈 때 금령이도 함께 들어왔다.

대건선점의 배에 타고 있던 이들을 구하면서 알게 되었다.

금령이는 물속에서도 움직임이나 호흡이 자유롭다는 것을.

근데 왜 자꾸 내 발을 건드리는 거지?

"할 말이라도 있는 거야?"

"꾸이!"

"뭔데?"

금령은 어디론가 쪼르르 달려갔고, 뒤를 돌아 나를 바라보았다.

왜 안 따라오냐는 듯한 눈빛.

간다. 가.

금령의 뒤를 따라가자, 이전에 북해에서 진설십이식검법의 비급을 발견했던 곳에 다다랐다.

이번에는 다른 비급이 놓여 있었다.

[빙해동화심법]과 [빙해수절공].

두 권의 비급이다.

"이번에도 이걸 다 익혀야 여기서 나갈 수 있는 거겠지?"

내 물음에 금령은 고개를 끄덕였다.

나는 쓴웃음을 지으며 공동의 가운데에 앉아 비급을 펼쳤다.

.

.

.

눈을 뜨자, 이번에는 주변이 눈 쌓인 평지로 바뀌어 있었······.

"어?"

아니었다. 내가 서 있는 곳은 거대한 얼음이었다.

즉, 나는 빙산 위에 서 있는 것이었다.

"어서 오너라."

고개를 돌려보니, 어느새 내 뒤에는 조사님이 서 계셨다.

나는 포권하여 예를 갖추었다.

"조사님을 뵙습니다."

내 인사에 조사님은 고개를 끄덕여 인사를 받아 주시며

말씀하셨다.

"제법 이른 시간에 다시 찾아왔구나."

"모두 조사님의 안배 덕분이 아니겠습니까?"

"뭐, 틀린 말은 아니구나. 내 뛰어난 혜안이 아니었다면 이렇게까지 세밀하게 안배를 설계하지 못했을 거다."

대놓고 자랑하는 그 모습에 살짝 당황했다.

그런 나를 보며 조사님이 의아한 듯 물었다.

"왜 당황하느냐? 혹시 내 입으로 내가 잘났다고 말해서는 아니겠지?"

"그…… 보통은 그런 말은 본인이 아닌 주변 사람들이 말하는 거 아닙니까?"

"내가 뛰어난 것을 내가 알고 있는데, 굳이 남의 입을 빌릴 필요가 있느냐?"

"……그렇군요."

그때 문득, 한 가지 의문이 생겼다.

"질문이 있습니다."

"뭐냐?"

"제가 진설십이식검법을 배울 땐, 진설십이식검법의 초식을 펼쳐야 이 안으로 들어올 수 있었습니다."

"그랬지."

"그리고 이번에는 수공을 배우기 위해서 빙해수절공을 펼쳐서 이 안에 들어왔습니다."

나는 말을 이었다.

"그런데 제가 아는 무공은 그것뿐입니다. 그러면 조사

님께서 남기신 다른 것들은 제가 어찌 해야 합니까?"

내 물음에 조사님이 빙그레 미소 지었다.

"내가 그것도 안배하지 않았다고 생각하느냐?"

"그럼 앞으로 몇 개의 안배가 남았는지 알려 주실 수 있으십니까?"

"나도 알려 주고 싶지만 안 된다."

"네?"

조사님이 혀를 찼다.

"내가 안배를 설계했지만, 그 깐깐한 놈이 일종의 '제약'을 두어야 윗분들의 심기가 불편하지 않을 거라고 해서 말이지."

천기처럼 일종의 제약에 걸려 그런 것까지는 말씀해 주실 수 없다는 거군.

"아무튼, 궁금한 건 더 없지? 시간이 없다. 시간 안에 익히지 못하면 곤란해질 거다."

"네?"

"지금 네가 서 있는 빙산, 무너지고 있거든."

젠장.

쉬운 게 없네.

* * *

동정호.

팔갑은 나뭇등걸에 앉아 호수를 바라보고 있었다.

그가 모시는 은서호가 지금 동정호 안에 들어가 있기 때문이다.

'참, 도련님도 무슨 고생이신지…….'

아직 겨울은 아니지만, 그래도 물속에 들어가기에는 싸늘한 날씨다.

이런 날씨에 저 추운 물속에 들어가서 뭔가를 확인해 보지 않으면 잠이 오지 않는다고 해서 왔다.

생각해 보면 어릴 때부터 은서호는 그런 성격이었다.

뭔가 해야 하는 것이 생기면 반드시 그걸 해야만 편히 잠자리에 들 수 있었다.

녹초가 되도록 업무에 시달리다가 방에 들어와 침상에 널브러져 있다가도 "안 돼! 수련! 수련해야 해!"라고 하면서 벌떡 일어나곤 했다.

사실 팔갑은 은서호에게 뭔가 비밀이 있음을 느끼고 있었다.

은서호의 열다섯 살 생일.

뭔가 상태가 이상하다는 전갈을 받았을 때부터였다.

평소에는 잘만 가던 길을 잘못 들지를 않나, 갑자기 성숙해진 표정과 눈빛으로 자신을 안쓰럽다는 듯 바라보지를 않나.

그리고 갑자기 눈 쌓인 산속으로 가서 영약을 구하기까지 했다.

'그리고 보니, 그때 진짜 식겁했었지.'

생각해 보면, 자신처럼 참 여러 가지 경험을 한 시종도 없을 터였다.

그럼에도 자신이 지금 이렇게 살아 숨 쉬고 있는 건 그 와중에도 은서호가 자신을 배려해 주었기 때문일 터.

심지어 황제가 내려 준 화씨벽을 빌려줄 정도로 말이다.

'그나저나 대체 뭘 숨기고 계시기에……'

아마도 그 비밀을 털어놓으면 다른 이들에게 부담이 되는 일이기에 비밀로 하고 있을 터.

그 비밀이 뭐든 털어놓고 편해졌으면 좋겠다고 생각했다.

그게 어떤 비밀이든 감당할 자신이 있으니까.

대체 무슨 비밀을 숨기고 있는 것인지 생각해 보다가, 이내 관두었다.

자신은 머리를 굴리는 데 소질이 없었다.

차라리 눈치를 보고 그에 맞게 행동하는 게 더 자신 있었다.

그리고 그는 은서호를 믿었다. 뭔지 알 수 없는 그 비밀을 평생 말하지 않는다고 해도 상관없었다.

처음 만났을 때부터 은서호는 자신의 주인이니까.

"팔갑이도 우리 은해상단의 식구야! 괴롭히지 마!"

아직 다섯 살 정도밖에 되지 않았음에도 앙칼진 목소리로 자신을 괴롭히던 질 나쁜 소년들에게 당당하게 소리

치던 그 모습을 잊을 수가 없었다.

그리고 자신을 식구라고 말해 주었다.

그날, 무슨 운명의 장난인지 지금은 은퇴하신 전임 상단주는 그에게 은서호의 시종이 되지 않겠냐고 권했다.

그는 그 제안을 받아들였고, 그 결정을 한 번도 후회하지 않았다.

그리고 그의 아버지는 "그래, 그게 너의 운명인가 보구나."라며 자신의 결정을 지지해 주었다.

그는 고개를 돌려 서우 무사를 보았다.

아까부터 꼿꼿하게 서서 자리를 지키고 있었다.

"다리 안 아프십니까요?"

서우 무사가 진중한 표정으로 답했다.

"주군께서 저 안에서 무슨 고초를 당하고 계시는지 알 수 없는데, 어찌 호위가 되어서 편하게 있겠습니까?"

"저는 그냥 앉아 있겠습니다요. 제가 힘들어서 도련님을 보필하지 못하면 그것도 웃긴 일 아닙니까요?"

"그렇겠…… 군요."

서우 무사는 팔갑을 가만히 바라보았다.

"수련은 잘 되고 있습니까?"

"네."

낙양에 갔을 때 은서호가 팔갑에게 선물해 준 비급.

'살왕지로(殺王之路)를 걷는 자에게'라고 시작되는 비급이었다.

진유 무사의 도움을 받아 그걸 익히면서 팔갑은 연신

'뭐지?' 싶었다.

자신에게 너무나도 찰떡인 무공이었기 때문이다.

진유 무사가 이해가 되지 않는다고 한 부분도, 자신은 이해가 되었으니까.

진유 무사나 다른 이들은 그 비급을 암살을 위한 무공서라고 했지만, 그의 눈에는 다르게 보였다.

굳이 이름을 붙이자면 [완벽한 시종이 되기 위한 비급]이라고 해야 하나?

그래서 자신이 익히는 무공이 너무나 마음에 들었다.

"……!"

그때 뭔가 느껴졌다.

그 무공을 익힌 이후로 점점 은서호의 감정이 잘 느껴졌고, 멀리서도 은은하게 느껴졌다.

지금 느껴지는 이 감정은…….

짜증이다.

아무튼, 이렇게 감정이 느껴진다는 건 은서호가 호수를 나오고 있다는 뜻.

그는 수건을 들고 얼른 호숫가로 다가갔고, 그 모습에 서우 무사가 고개를 갸웃하다가 움찔했다.

그리고 뭔가 인정한다는 듯 고개를 끄덕였다.

잠시 후,

은서호가 모습을 드러냈다. 물속을 걸어 나오는 그의 몸에는 물 한 방울 묻어 있지 않았다.

그리고 물속에서 나오면서도 첨벙거리는 소리가 전혀

들리지 않았다.

거기에 그 외모까지 더해지니, 마치 호수의 신이 나오는 듯 신비한 느낌이었다.

서우 무사와 팔갑이 순간적으로 말을 잃었다.

은서호가 입을 열기 전까지는.

"젠장! 망할 조사님! 아무리 그래도 그렇지 진짜 바닷속에 빠트리시다니……."

* * *

나는 동정호에서 나오며 투덜거렸다.

내가 빙해동화심법과 빙해수절공을 전부 다 익히자, 조사님께서 장난스럽게 웃으며 말씀하셨다.

"그럼 이제, 이 빙산은 필요 없겠구나."

"네, 갑자기 그게 무슨?"

그러고는 발을 굴러 빙산을 부숴 버리셨다.

나는 제대로 대비하기도 전에 그대로 바닷물 속에 빠져 버렸다.

그러는 사이, 내 귀에 들려오는 조사님의 목소리.

"바다의 가장 아래에 네 발이 닿아야 돌아갈 수 있느니라."

그런 건 좀 진작 알려 달란 말이지.

그렇게 속으로 투덜거리며 빙해동화심법과 빙해수절공

을 운용했다.

그렇게 바다 저 아래, 바닥에 내 발이 닿자 나는 동정
호로 돌아왔다.

그리고 서둘러 동정호에서 나온 거다.

"도련님, 나오셨습니까요?"

"어."

"그런데, 우리 도련님께서는 왜 이리 심통이 나셨을까요?"

"있어, 어떤 영감탱이 때문에."

덕분에 빙해동화심법과 빙해수절공의 진정한 위력을
알게 되었지만, 그것과 별개로 기분은 별로 좋지 않았다.

그건 내가 그 고생을 했음에도 뭐 더 챙겨 주는 것이
없어서 그런 건 절대 아니……

"꾸이!"

금령이는 열심히 꼬리를 흔들며 설명했고, 그 설명에
나는 움찔했다.

"저 안에 선물이 있다고?"

"꾸이꾸이!"

금령이는 왜 성급하게 그냥 나가 버렸냐고 나를 질책하
고 있었다.

나는 몸을 돌리며 말했다.

"잠시 다시 들어갔다 올게."

"아…… 네."

나는 다시 잠수해서 그 바위로 향했다.

빙해수절공을 대성한 덕분에 아까보다 훨씬 빠르게 도
달할 수 있었다.

내가 너무 빨라서 금령이가 허우적대며 따라오는 모습
이 보기 귀여웠다.

그러고 보니 바위의 모습이 내가 수공을 배우던 빙산의
모습과 매우 흡사했다.

조사님이 마지막에 빙산을 부수었던 것에 이유가 있었
구나.

나는 바위에 서서 조사님이 바위를 부수셨던 것처럼 그
렇게 발을 굴렀다.

아무 소리도, 진동도 없었지만 바위는 산산조각이 났다.

저건?

그 안에 보이는 것은 손안에 쏙 들어올 정도의 아담한
붉은색 상자였다.

이것 말고 더 없나?

그런 생각으로 금령을 보자, 녀석은 고개를 저었다. 이
것 말고 더는 없다는 의미.

나는 고개를 끄덕이고 다시 물 밖으로 나왔다.

.

.

.

잠시 후.

나는 객잔으로 돌아왔다.

그리고 다탁 위에 붉은색 상자를 놓고, 열어 보았다.

안에는 한 움큼의 금자와 서신 하나가 있었다. 우선 서신을 열어 보았다.

[아무것도 챙겨 주지 않으면 서운해할 것 같아서 챙겨 준다. 뭐 챙겨 주는 것도 없이 고생시키는 망할 영감탱이라고 할 것 같아서 말이지. 빙해동화심법과 빙해수절공을 익히느라 고생 많았다]

그걸 보며 나는 멋쩍게 웃었다.

조사님도 참, 바위 밑에 보수를 숨겨 놓으시다니.

하마터면 오해할 뻔했네.

나는 금자를 보며 피식 웃었다. 역시 돈은 좋다.

그럼 다음에도 이렇게 뭔가를 챙겨 주신다는 뜻인가? 좋은데?

헉!

순간 나도 모르게 든 생각에 기겁했다.

나에게 이런 마음이 들게 하시다니…… 조사님, 무서운 분이었네.

그럼 설마…… 이거 미끼인가?

·

·

·

나는 지현의 전갈을 받고 현청으로 향했다.

"오셨습니까?"

"네. 무슨 일이십니까?"

"여기, 조사 보고서입니다."

응? 벌써 조사가 끝났다고? 설마 날림으로 한 건 아니겠지?

속으로 반신반의한 채로 지현이 내미는 조사 보고서를 펼쳐 꼼꼼하게 살펴보기 시작했다.

오…….

불과 이틀 만에 이렇게까지 자세하고 일목요연하게 조사하여 정리하는 것이 가능하다니!

게다가 편파적인 의견 따윈 전혀 없이, 오직 사실만을 적어 놓은 것이 참 마음에 들었다.

"참 능력 좋은 수하를 두셨나 봅니다."

"아닙니다. 제가 한 겁니다."

"네?"

"황제 폐하께 상신될 보고서인데 어찌 소홀히 할 수 있겠습니까? 하여 제가 직접 조사하고, 보고서도 직접 작성했습니다."

"그렇습니까?"

나는 한눈에 내 앞의 지현이 인재라는 것을 알아보았다. 탐나네.

하지만 나도 알아본 인재를 황제가 알아보지 못할 리 없다.

그리고 황제 옆에 이런 인재가 많을수록 내가 편해질 터.

나는 환한 미소를 지으며 지현에게 말했다.

"노고에 감사드립니다. 이건 제가 반드시 황제 폐하께 상신토록 하겠습니다."

·

·

·

나는 지현에게 받은 보고서를 들고 현청을 나왔다. 그리고 걷다가 한숨을 내쉬며 팔갑에게 말했다.

"팔갑아. 반 시진이면 출발 준비 가능할까?"

"물론입니다요."

"그럼 출발할 준비해 놓고 있어. 나는 혼자서 잠시 어디 좀 다녀올 곳이 있으니까."

"알겠습니다요."

그러고는 호위무사들에게 전음을 보내 놓았다.

나를 따라오지 말라고.

그리고 서우 무사에게만 조금 떨어져서 나를 살펴봐 달라고 했다.

또한, 내가 목숨이 위험할 정도가 아니면 개입하지 말고 그냥 지켜보라고도 해 두었다.

여기에 없는 진유 무사를 제외하면 서우 무사가 가장 무공의 수준이 높고, 자제심도 강했으니까.

그러고는 외진 골목 쪽으로 깊이 들어갔다.

·

·

·

이쯤이면 되려나?

인적이 거의 드문 곳에서 걸음을 멈췄다.

현청을 나와서 걷던 중에 나를 향한 살기를 느꼈기에 이런 미끼를 던진 것이다.

이곳에서 나를 죽이고 싶어 하는 자들이라면 한 곳밖에 없으니까.

솔직히 배가 전복되는 큰 사고가 일어났음에도 내가 사람들을 다 구한 탓에 역으로 대건상단은 큰 피해를 보지 않을 수 있었다.

그런데도 고마워하지는 못할망정, 이렇게 나온단 말이지?

이건 내 나름의 대건상단을 향한 시험이다.

이 시험에서 통과하지 못한다면?

당연히 지옥불에 던져 줘야겠지.

탁,

타탁.

내 주변으로 복면을 쓰고 야행복을 입은 이들이 나타났다.

지옥불 확정이네.

"누, 누구십니까?"

나는 속으로만 한숨을 내쉬며 겉으로는 겁에 질린 표정을 지었다.

그러자 그들 중 하나가 앞으로 나오며 말했다.

"네놈은 여기서 생을 마감해 줘야겠다."

"네? 그, 그게 무슨 말씀이십니까?"

"아무리 밀명을 받았다고 해도 조사할 것과 하지 말아야 할 것이 있는 법. 그걸 구분하지 못한 네 우둔함이 네 명을 재촉한 거다."

그 말에 나는 입술을 깨물며 되물었다.

"내가 밀명을 받았음을 어찌 안 겁니까?"

"다 방법이 있지."

"지현 대인입니까?"

내 물음에 그는 피식 웃었다.

"지현? 그 답답한 자식은 뭐 하나 말해 주지 않더군."

"그럼?"

"그 지현이 저렇게 나올 정도면 그가 어쩔 수 없는 저 위에서 밀명이 내려왔다는 뜻일 테니까."

"……."

"이만큼 알려 줬으면 죽어서도 덜 억울하겠지. 이만 처리해라!"

"네!"

다른 복면인들이 내게 달려들어 손발을 묶고, 입까지 봉해 버린 후 자루에 넣었다.

"윽!"

나는 일부러 겁먹은 척 조용히 있었다.

나를 묶어서 어디론가 데려간다는 것은 살인의 증거를 남기지 않기 위함이겠지.

여기서 곧바로 죽이려고 하지 않아서 다행이라고 해야 하나?

그랬다면 여기서 나도 피를 봐야 했을 테니까.

그게 더 편할 수도 있겠지만, 내 손에 이런 놈들의 피를 묻히는 것은 그리 달갑지 않다.

이 각쯤 달렸을까, 마차가 멈추었다.

멀지 않은 곳에서 들려오는 찰박거리는 물소리.

예상대로 동정호 쪽으로 온 모양이다.

내가 들어 있는 자루가 들려지는 느낌이 들더니, 그대로 허공을 날았다.

풍덩-!

곧 물소리와 함께 자루 안으로 물이 들어오기 시작했다.

나는 차분히 빙해동화심법을 행하기 시작했다.

혹시 조사님께서는 이런 상황을 예상하시고 나에게 수공을 전수하신 건가?

내가 사부님께 배운 것과 달리, 조사님께 배운 수공은 그야말로 물속에서 자유자재로 움직일 수 있었다.

나는 내공을 둘러, 손에 힘을 주었다.

투둑-!

그러자 내 손을 묶은 줄이 가볍게 끊어졌다.

나는 품에서 비수를 꺼냈다.

두 형이 내 첫 번째 상행 때 선물해 준 것인데, 이걸 이렇게 쓰게 되네.

나는 쓴웃음을 지으며 그것으로 발을 묶은 것과 입을 봉한 것을 베고, 자루를 찢고 나왔다.

부우우욱.

뭔가 무거운 느낌이 들어서 아래를 내려다보자, 자루에 커다란 돌이 묶여 있었다.

이 자식들, 돌까지 매단 거 보니까 완전히 숨기려고 작정했구나.

절대 한두 번 해 본 솜씨가 아닌데?

그러고 보니 대건상단에 위협이 되는 이들 중에 실종된 이들이 몇 있던데 이렇게 처리한 건가?

그때 문득 드는 생각.

왜 강승 점주는 이렇게 처리하지 않았을까.

그에 대해 곰곰이 고민하자 답이 나왔다.

워낙 안전제일주의인 데다가 주변 사람들에게 인망이 높아서 이렇게 처리하기 힘들었던 거겠지.

하여, 그렇게 점포를 뺏는 식으로 수작을 부린 거다.

그나저나 나한테 이렇게까지 나올 정도면 강승 점주도 좀 조심해야겠다.

당분간 몸을 사리고 있으라고 하는 게 좋겠지.

궁지에 몰린 자가 어찌 나올지 알 수 없으니까.

그렇게 물속에서 이런저런 생각을 하다가 조심스럽게 물 밖으로 고개를 내밀어 보았다.

이제는 돌아갔는지 아무도 보이지 않았고, 인기척도 느껴지지 않았다.

유유히 헤엄쳐서 기슭으로 나오자, 서우 무사가 다가왔다.

"나오셨군요. 오래 나오시지 않아 걱정했습니다."

"걱정 끼쳐드려 죄송합니다. 하지만 이는 꼭 필요한 일이었습니다."

"압니다. 저들의 방심을 불러오기 위해서가 아닙니까?"

나는 고개를 끄덕였다.

"네. 다행히 예상대로 되었네요. 이제 슬슬 돌아가죠."

"알겠습니다."

나는 서우 무사를 통해 팔갑과 호위무사들에게 말을 전달했다.

반나절 동안 나를 열심히 수색하는 척을 하라고.

그러고는 상심한 표정으로 나타난 그들과 합류해서 북경으로 향했다.

* * *

대건상단의 상단주는 부관 오진축의 보고를 들었다.

"상단주님, 말씀하신 대로 녀석을 처리했습니다."

"수고했다. 그 녀석의 일행은?"

"아까만 해도 그자를 찾느라 난리였습니다만, 지금은 호북으로 돌아간 듯합니다. 아마도 은해상단에 알리기 위함이 아니겠습니까?"

"그렇겠지."

"그런데 괜찮을까요? 은해상단에서 그자를 찾기 위해 발

벗고 나선다면, 혹시나 꼬리를 붙잡힐 수도 있습니다만."

부관의 말에 상단주가 피식 웃으며 말했다.

"증거 있나?"

"없습니다."

"그런데 뭘 걱정하나? 지금껏 그래 왔듯이 아무 일 없었다는 듯이 있으면 돼. 증거가 없는데 뭘 어찌할 수 있단 말이냐?"

"그렇긴 합니다."

상단주는 지현의 급작스러운 태도 변화, 그리고 이후에 사건에 대해 열심히 조사하는 것에 불안함을 느꼈다.

그리고 그 변화의 시점이 은서호의 방문이라는 것을 알아차렸고, 고민 끝에 은서호를 동정호에 수장시키기로 결정했다.

그 뒷배가 조금 걱정되기는 했지만, 그를 살려 두는 것이 더 불안했으니까.

죽은 자는 말이 없는 법이다.

일이 무사히 마무리되자, 그는 자신의 결정에 흡족한 마음이 들었다.

"그럼 이제는 화리선점에도 손을 써야겠군. 내가 실패한 사업을 아직까지 이어 가려고 하다니. 버릇이 없어. 그 버릇을 좀 고쳐야 한다고 생각하지 않나?"

"옳으신 말씀입니다."

그때였다.

"저, 상단주님. 급히 보고드릴 게 있습니다."

문밖에서 다른 부관의 목소리가 들려왔다.

"들게."

문이 열리고 그 부관은 머리를 조아리며 말했다.

"저, 화리선점의 강승 점주가 휴업을 한다고 합니다."

"휴업? 갑자기 왜?"

"의원이 다녀갔는데…… 그동안 몸이 많이 상했다면서 쉴 것을 권했다고 합니다. 해서 당분간 쉬어야겠다면서 격꾼들이나 선원들에게도 휴가를 주었다고 합니다."

"그래?"

상단주는 눈을 빛냈다.

"하늘이 나에게 기회를 주었군."

거금을 주고 마련한 배가 침몰한 탓에 손해가 막심했지만, 알아서 경쟁자가 물러난 지금이 기회였다.

                    *   *   *

북경.

나는 지금 황제의 앞에 서 있다.

"조사 보고서를 가지고 왔다고 들었다."

"네, 긴히 보고드릴 게 생겨서 이리 급하게 알현을 요청하였습니다."

나는 옆의 태감에게 보고서를 내밀었고, 태감은 그걸 황제에게 건넸다.

황제는 그 보고서를 읽기 시작했다.

"음……."

보고서를 다 읽은 황제는 나를 가만히 바라보았다.

황제는 전혀 분노한 표정이 아닌, 무표정에 가까웠다.

"여기 말미에 보면, 황제의 명을 받은 감찰어사에 대한 살인미수 혐의라고 적혀 있는데, 자세한 설명이 빠져 있구나."

"네, 황제 폐하."

나는 내게 가해진 살해 위협과 그에서 벗어난 것에 대해 보고했다.

물론 약간 각색하기는 했지만.

"……그렇게 저는 동정호 깊은 물속에 던져지고 말았습니다."

"그래서, 어찌 살아난 것이냐?"

"제 호위무사가 이상한 낌새를 알아차리고 추적한 덕분에 구사일생으로 살아남아 이리 황제 폐하의 앞에 설 수 있었습니다."

내가 익힌 무공에 대해서는 비밀이니까.

웬만한 수공을 익힌 정도로는 저런 상황에서 탈출할 수 없다. 빙해수절공이 특별한 거지.

그리고 내 무공 수준에 대해서도 굳이 말하고 싶지 않았고.

"……그랬군."

"이에 대한 증거는 없습니다. 하지만, 제가 직접 겪었으며 온 산천초목이 본 일입니다."

"나 역시 너를 믿는다. 너는 그런 것을 거짓으로 꾸밀 녀석이 아니니까."

여전히 황제의 얼굴은 무표정했다.

음?

그런데 그 옆에 서 있는 태감의 표정이 이상했다.

사색이 되어서 식은땀을 흘리고 있었다.

설마?

"이렇게까지 직무에 충실하다니. 내가 사람을 잘 본 것 같군."

"모두 황제 폐하의 성은에 보답하고 싶은 충심일 뿐이옵니다."

"그래, 아부는 거기까지 하고."

황제는 팔걸이를 툭툭 치면서 내게 물었다.

"나를 위해 죽을 고비를 넘긴 너를 위해 어찌 복수를 해 줄까?"

"네?"

"네가 당한 것처럼 똑같이 산 채로 자루에 담아 동정호에 던져 줄까? 아니면 조금 괘씸죄를 담아 거열형에 처할까?"

"……."

무표정한 얼굴로 거열형까지 운운하니 반대로 내 등에서 식은땀이 흘렀다.

나는 얼른 고개를 숙이며 정중하게 말했다.

"물론 제 사사로운 원한은 있습니다만, 앞뒤 분간 못하는 천방지축 같은 자에게 제 사적인 원한을 갚아 주신들 황제 폐하의 덕에 무슨 도움이 되겠습니까?"

"그래서?"

"저는 단지, 이 일을 계기로 황제 폐하의 덕을 세우고 법의 지엄함을 보여 주실 것을 간청드릴 뿐이옵니다."

"그럼 너는 네 원한을 갚지 않아도 된다는 것인가?"

"제 개인의 사사로운 원한 정도는 중요하지 않사옵니다. 그저 그들이 법의 심판을 받는다면, 저는 그것으로 족하옵니다."

나는 힐끔 황제를 보았다.

무표정했던 황제는 어느새 미소 짓고 있었다.

"참, 어디서 이런 녀석이 뚝 하고 떨어졌는지."

옆을 흘깃 보자, 태감의 얼굴도 아까보다 평온해 보였다.

"네 말대로 이번 일에 내가 사사로이 손을 댄다면 기껏 바로잡아 놓은 기강이 흐트러지겠지."

"……."

"정 태감, 호남성의 안찰사에게 급히 상경하라 하라."

"네, 폐하."

안찰사는 한 성의 사법과 옥사 등을 맡은 자.

그런 직책의 인물을 불러올리겠다는 건, 이번 사건을 철저히 파헤치겠다는 뜻이다.

황제는 나를 보며 말했다.

"수고했다. 네가 아니었다면 나는 이번 일에 대해서 전혀 모르고 지나갔을 터."

"황제 폐하의 명을 받은 자로서, 당연히 해야 할 일을 했을 뿐이옵니다."

"그나저나 조사 보고서를 보다가 흥미로운 이름이 보이더구나. 황본지 학사가 그 배에 타고 있었다고."

"아시는 사람입니까?"

"그래. 제법 똘똘하니 기도 세고, 내 앞에서 한마디도 안 지는 놈이었지. 너처럼 말이야."

생각보다 더 황제가 아끼는 사람이었구나.

하긴 그러니 지난 삶에서 황제가 직접 조사를 명했겠지.

"불미스러운 일에 연루되어 낙향하긴 했지만, 내 조만간 부르려고 했었다. 그런데 이렇게 조사 보고서에 이름이 있다는 건 때가 되었다는 의미겠지."

황제는 정 태감에게 황본지 학사에게 조서를 보내라고 명했다.

"그러고 보니, 보고서가 이전과는 조금 다르구나."

역시 황제의 눈썰미는 대단하구나.

보고서만 보고도 다른 사람이 썼다는 것을 눈치채다니.

"예, 제가 쓴 것이 아니옵니다."

"호오, 그래? 이 일목요연하면서도 깔끔한 조사 보고서는 누구의 솜씨냐?"

"그것이……."

나는 기회를 놓치지 않고 지현이 직접 조사하여 작성한 조사 보고서임을 고했다.

그러자 황제의 눈이 반짝였다.

"이런 인재가 고작 지현 자리에 머물러 있다니! 이자 역시 조정으로 불러올려야겠다."

내 예상대로였다.

이만하면 지현에게도 나쁠 건 없겠지.

지금보다 훨씬 피곤하고 일이 힘들긴 할 테지만, 황제의 눈에 든 셈이니까.

그리고 녹봉도 많이 받을 테고.

"그럼 이만 나가 보거라."

자연스러운 축객령.

"소상, 이만 물러가겠나이다."

나는 정중히 예를 갖춰 인사하고 나왔다.

이번 일로 인해 대건상단은 내 이전 삶에서처럼 몰락하게 되었다.

내 손을 거쳤지만, 이건 자업자득이다.

대건상단이 농간을 부려서 화리선점의 사업을 빼앗으려고만 하지 않았어도 내가 관심을 가지지 않았을 터.

그리고 배에 정원의 두 배의 사람을 태워 배가 전복되는 사고를 내는 것으로도 모자라, 나를 암살하려고까지 했으니까.

그런 비양심적인 자는 백대상단에 끼어 있어서는 안 된다.

이 상계를 어지럽히는 건 물론이고, 일반 백성들에게 큰 피해를 줄 테니까.

아무튼, 이번 일로 알게 되었다.

황제 폐하는 화가 나면 무표정해진다는 것을.

.

.

.

은해상단에 돌아와 일하던 중, 대건상단의 소식이 들려왔다.

황제의 명을 받은 호남성의 안찰사가 직접 나서 대건상단을 탈탈 털었다고 한다.

당연히 온갖 비리와 범죄 사실이 드러났고, 대건상단은 공중분해가 되었다. 그 중심에 있던 대건상단주와 그 부관들은 사형을 당했고.

기존에 내가 보고한 죄목들만 해도 중죄였지만, 이번에 나를 수장시켰던 것처럼 경쟁자를 몰래 동정호에 수장시켰다는 사실이 밝혀진 것이 결정적이었다.

그리고 원래 화리선점이 있던 점포를 소유하고 있던 천득여는 대건상단과 맺은 계약서가 발견되는 바람에 곤욕을 치렀다.

구명을 위해 내게 매달렸고, 나는 우리 상단 휘하로 들어오는 것을 조건으로 그를 봐주었다.

이제는 강승 점주의 말 한마디에 설설 긴다는데, 강승 점주는 백 년 묵은 체증이 내려간 기분일 거다.

그래, 강승 점주 같은 사람이 잘 돼야 세상 살 맛이 나는 거지.

45장. 황실 비단 납품 경합

황실 비단 납품 경합

어느덧 계절은 완연한 가을이 되었다.

그 말은 즉, 내 생일이 머지않았다는 의미다.

그리고 이번 내 생일은 더욱 의미가 있다. 내가 스무 살이 되는 생일이니까.

나는 가족들과 함께 둘러앉아 아침을 먹었다.

"그러고 보니, 황실 비단 납품 경합이 이제 얼마 남지 않았구나."

아버지의 말씀에 정호 형이 고개를 끄덕였다.

"네. 아버지."

원래 황실에 비단을 납품하던 상단에서 제법 큰 문제를 일으키는 바람에 새로 납품 상단을 선정하게 되었고, 이번에 은해상단도 출사표를 내었다.

황실은 단일 거래로는 가장 거래량이 많은 큰손이다.

비단이라는 것 자체가 비싼 물건이기에 한 번에 거래하는 양이 많기 힘들었는데, 황실이라면 말이 달라진다.

황족들은 물론, 조정 관료들의 옷도 대부분 비단이었기에 수요가 많을 수밖에 없었다.

짚이나 풀을 태운 재와 조개껍데기 가루를 섞어서 비단을 세탁하곤 했지만, 그것도 한두 번이었다.

비단 자체가 물에 약했으니까.

게다가 대금 지급이 미뤄질까 걱정할 필요도 없다.

가장 부유한 곳 중 하나가 바로 황궁이었으니까.

황실에 비단을 납품하게 된다면 거기서 얻을 수 있는 수익은 상당한 수준이며, 그 안정성은 이루 말할 수 없다.

그렇기에 황실 비단 납품은 비단을 취급하는 상단이라면 누구나 바라는 것이다.

"이번에 경합에 참여하는 상단이 제법 된다고 들었다."

"네, 제가 볼 때 그중에서도 섬서성의 득행상단, 사천성의 만일상단, 절강성의 유가상단, 그리고 하남성의 백천상단이 가장 유력한 경쟁자라고 생각됩니다."

정호 형의 말에 나는 고개를 끄덕였다.

그래, 백천상단.

내 지난 삶에서는 백천상단이 최종적으로 황실에 비단을 납품하는 상단이 되었다.

그렇기에 아버지에게 이번 경합에 참가하자고 한 것이다.

이전 삶에서 이 사업을 따낸 덕분에 백천상단이 급속도로 성장했으니까.

이번에는 그 성장을 위한 자양분을 우리 은해상단이 먹을 거다.

"본격적인 경합이 이번 십일월 초라고 했지."

지금까지 정호 형은 황실 비단 납품 상단 경합에 참여하기 위해 동분서주했다.

덕분에 그 조건을 충족시키는 데 성공했고, 경합에 참여한다는 의향이 담긴 문서를 정식으로 제출했다.

그리고 서류 심사에 통과했다는 조서를 받았다.

"네. 그래서 닷새 안에 경합을 위해 북경으로 출발해야 할 듯합니다."

"그렇구나. 바쁘겠지만, 조금만 더 힘내거라."

"예."

"그렇다고 해서 너무 무리하지는 말고."

그 뒤로 몇 가지 이야기가 이어졌고, 식사를 마무리하기 전 아버지께서 나를 보며 물었다.

"이제 곧 생일인데, 뭐 필요한 건 없느냐?"

"지금 당장 생각나는 건 없네요."

"그래, 그럼 생일 선물은 알아서 챙겨 주도록 하마."

"네."

그렇게 아침 식사를 마치고, 나는 내 별당으로 돌아왔다.

"다들 아침 식사는 하셨습니까?"

"네."

별당 마당에서 수련 중이던 호위무사들이 포권하며 나를 맞아 주었다.

진유 무사도 얼마 전에 돌아온 덕분에 네 명이서 둘씩 짝을 지어 대련 중이었다.

북해 근방의 사냥꾼 부족에서 짐승 가죽을 가지고 돌아올 때 함께 온 것이다. 이제 정식으로 지부가 세워졌으니 굳이 남아 있을 필요가 없으니까.

나는 그들을 일별하고 방으로 돌아와 이후의 일에 대해 고민했다.

이때 즈음에 무슨 일이 있었지?

정호 형에게 조심하라고 해야 할 일이 있었던 것 같은데?

.

.

.

사흘 후.

나는 팔갑에게 뜻밖의 소리를 듣게 되었다.

"뭐? 정호 형이 쓰러져?"

"네. 심각한 건 아니고…… 과로라고 합니다요."

"내가 직접 가 봐야겠어."

나는 정호 형의 별당으로 향했고, 걱정스러운 표정의 형수님을 뵈었다.

"어서 오세요. 도련님."

"네, 형수님. 형이 아프다는 소식을 듣고 달려왔습니다."

형수님은 한숨을 내쉬었다.

"우리 그이가, 너무 애를 쓴 모양이네요. 큰 병이 아니라 다행이긴 하지만…… 이제 곧 북경으로 떠나야 하는데…… 상심이 큰 모양이에요."

그렇겠지. 정호 형이 이번 일을 위해서 얼마나 고생했는지는 나도 잘 아니까.

"들어가 보세요."

"네."

나는 정호 형의 방으로 들어갔다.

덜컹.

문소리가 나서인지, 정호 형이 몸을 일으켰다.

"서호 왔구나."

"몸은 좀 어때?"

"괜찮아. 그리고 괜찮아야 하고."

그리고 침상에서 일어났는데, 한 걸음도 못 걷고 비틀거렸다.

나는 얼른 정호 형을 잡아 부축하며 말했다.

"형, 전혀 안 괜찮아 보여."

"괜찮다니까."

형의 고집에 나도 모르게 욱하고 험한 말이 나왔다.

"좀 닥치고 앉지?"

"……어."

내 말에 정호 형은 얼른 침상에 앉았다. 며칠 전에도 별로 좋지 않았는데, 오늘은 진짜 병자가 따로 없었다.

고 총관에게 무공을 배우고 있을 텐데, 왜…….

"형, 요즘 수련은 좀 하고 있어?"

"할 시간이 없어서……."

"나는 할 시간이 있고?"

"……."

내 물음에 정호 형은 고개를 살짝 돌려 헛기침을 했다.

하긴 형에게 무공은 건강을 위한 것이지, 업무를 제쳐 놓고 할 정도는 아니니 어쩔 수 없다.

그래도 약간의 내공이 있으니 체력이 약한 편은 아닌데, 과로로 쓰러질 정도면 도대체 얼마나 일을 한 건지…….

"아무튼, 이렇게 누워 있을 시간이 없어. 황실 비단 납품 상단 경합에 참석해야 하니까."

하지만 정호 형의 상태를 보니, 정말 많이 안 좋아 보였다.

사실 요즘 아슬아슬해 보이기는 했었는데, 이렇게 탈이 나다니.

중요한 날을 앞두고 몸져누워 버린 정호 형의 마음을 알 것 같았다.

나도 청빙설매실을 먹고 건강해지기 전에는 체력 때문에 하고 싶어도 못 한 게 많으니까.

"형, 이제 그만 인정해. 형은 과로로 쓰러졌고, 이 상태로 북경까지 가는 건 정말 무리야. 죽을 수도 있다고."

"하지만……."

"건혁이랑 보연이를 아버지 없이 자라게 할 생각은 아니지?"

"……."

내 물음에 정호 형은 한숨을 내쉬었다.

두 아이를 생각하자 그제야 자신이 패기를 내세울 때가 아님을 깨달은 것 같았다.

"나머지는 상단의 행수님들께 맡기자고. 그래도 형의 공로라는 건 모두가 알고 있으니까 속상해하지 말고."

정호 형은 잠시 골똘히 생각하다가 입을 열었다.

"서호야."

"왜?"

"그 자리에 상단의 대표 격인 자가 참석해야 한다는 건 알지?"

그리고 진지한 표정으로 말을 이었다.

"아무리 생각해도 너밖에 없다."

"응? 나?"

내 물음에 정호 형은 고개를 끄덕였다.

"그래, 너."

"굳이 내가 나서야 할까? 이번 일은 이미 준비는 다 되어 있을 테고, 대행수님이 형을 대신해서 하면 될 텐데 내가 나서기에는……."

"내가 경합을 준비하면서 느낀 점이 뭔지 아냐?"

"……?"

"이번 경합은 결코 쉽지 않을 거라는 거야. 그리고 경합이라는 건 열심히 한다고 해서 무조건 승리할 수 있는 게 아니야. 때로는 운이 따라 주어야 하고, 때로는 기지를 발휘해야 할 때도 있지."

정호 형은 한숨을 내쉬며 말했다.

"우리 은해상단은 그게 부족하다. 하지만 그게 가능한 녀석이 하나 있지."

"그게 나라고?"

내 물음에 정호 형은 고개를 끄덕였다.

"그래, 그러니까 네가 나 대신, 대표로 참석해라."

"음……."

나는 황제의 명을 받고 상행위를 어지럽히는 일을 감찰해야 하는 입장이라 말이지.

경합에서 승리하기 위해서는 아주 조금 불법적인 일을 저질러야 할지도 모르는데.

"네가 가지 않는다면 나는 탈출을 감행해서라도 내가 갈 거다."

정호 형은 사람이 무르게 보여도, 한 번 한다면 하는 사람이다.

나가지 못하게 막아 놓아도, 그걸 뚫고서라도 경합에 참여할 게 분명했다.

"음, 하지만 내가 간다고 하면 정호 형의 공을 가리게 될 거라는 여론이 생길 텐데?"

"지금 그런 거 따질 때냐? 우리 은해상단이 한 번에 뛰

어오를 기회가 생겼는데? 그리고 너는 그런 거 신경 안
쓰잖아?"

정호 형은 피식 웃으며 말을 이었다.

"나도 신경 안 쓴다. 그러니까 네가 가라. 북경."

.

.

.

그날 오후.

아버지는 공식적으로 나에게 이번 황실 비단 납품 경합
을 이끌라고 지시를 내리셨다.

"그렇게 해서 북경에 가게 되었습니다."

팔갑이 헛웃음을 지으며 말했다.

"다른 사람들은 평생에 한 번도 가기 힘들다는 북경을
밥 먹듯이 갑니다요."

"그러게 말이야."

북해에 오고 가면서 들렀고, 얼마 전에는 대건상단에
관련된 일 때문에 다녀왔는데 또 가게 생겼다.

이번에도 황제가 나를 부르려나?

황제도 눈치가 없진 않으니 굳이 나를 부르지는 않겠
지.

"그래서 언제 출발하는 겁니까요?"

"늦어도 이틀 안에는 출발해야 할 거야."

"알겠습니다요."

나는 호위들에게 말했다.

"그럼, 이번에도 잘 부탁드립니다."

"걱정하지 마십시오."

"이번에도 안전하게 모시겠습니다."

"네. 믿습니다."

그렇게 내 북경행이 결정되자, 나에게 닥친 것은 엄청난 양의 일거리였다.

내가 자리를 비울 동안, 내 일에 차질이 없어야 했으니까.

그와 동시에 정호 형이 준비한 일들에 대해 완벽히 숙지해야 했다.

비단을 담당한 대행수와 행수들의 도움을 받아 준비를 해 나가며 알게 되었다.

왜 정호 형이 과로로 쓰러졌는지.

후, 이 형 은근히 완벽주의자였지.

그렇게 부랴부랴 준비를 마치고 정호 형이 북경으로 가기로 예정된 날, 나는 정호 형을 대신하여 북경으로 향했다.

.

.

.

북경으로 가는 길은 이제 익숙하게 느껴질 정도였다.

하지만 우리는 긴장을 늦추지 않았다.

사람의 생각은 거기서 거기다.

이런 대규모 이권이 걸린 경합에서 수단과 방법을 가리

지 않는 자들은 어디에나 존재하니까.

그리고 곧 우리는 첫 번째 방해를 맞닥뜨리게 되었다.

"소단주님."

창인표국의 표두가 마차에 탄 나에게 다가왔다.

"네."

"앞에 장애물이 있어서 치우는 데 시간이 걸릴 거 같습니다."

"같이 가 보시죠."

마차에서 내려 앞으로 가 보자, 커다란 바위가 길을 막고 있었다.

"잠시만 기다려 주십시오."

"곧 치우겠습니다."

우리는 비단 납품 경합을 위해서 비단을 함께 가지고 가야 했기에 창인표국의 도움을 받아 이동하고 있었다.

창인표국의 쟁자수들이 달려들어 바위를 치우기 위해 안간힘을 썼지만, 바위는 조금씩밖에 움직이지 않았다.

저런 걸 어떻게 길 한가운데에 가져다 놓았는지, 참 그 노력이 가상했다.

하지만 이렇게 지체할 시간이 없었다.

"저 바위를 치우는 것 좀 거들어 주시겠습니까?"

나는 호위들에게 도움을 청했다.

"알겠습니다."

"음, 그냥 베어 버리는 게 빠를 것 같습니다."

진유 무사가 그렇게 말하고는 쟁자수들을 뒤로 물렸다.

"합!"

그의 검에 검기가 서리더니, 바위가 반으로 쪼개졌다.

그리고 몇 번 더 휘두르자, 커다란 바위는 작은 돌조각이 되었고, 모두가 달려들어 바위를 치웠다.

"이제 출발하시죠."

나는 마차 안에서 방금 진유 무사가 보여 준 솜씨를 떠올려 보았다.

아무래도 못 본 사이, 진유 무사의 경지가 조금 오른 듯했다.

뭐, 나에게는 좋은 일이다.

그만큼 내가 안전해진다는 의미니까.

.

.

.

어느덧 우리의 여정도 중반에 접어들었다.

"오늘은 요 앞마을에 있는 객잔에서 묵어가겠습니다."

"알겠습니다."

우리가 북경으로 갈 때 종종 들르는 객잔으로, 어느 정도 안전이 보장되어 있는 곳이다.

팔갑의 도움을 받아 씻고 일 층으로 내려와 다른 행수들과 함께 저녁을 먹었다.

지금 나와 동행하는 행수는 모두 세 명이다.

한 명의 대행수와 두 행수로, 그들 모두 비단 거래에 있어서 조예가 깊었다.

내가 지난 삶에서 처음 은해 포목점을 맡게 되었을 때, 도움을 받았던 이들이기도 하다.

"그 음식은, 석 대행수님께 좀 매울 것 같네요."

"아, 그렇습니까?"

나도 모르게 튀어나온 말에, 석 대행수는 고개를 갸웃하며 물었다.

"제가 매운 것을 싫어한다는 것을 어찌 아셨습니까?"

"아……."

당연히 알 수밖에 없지. 그들의 성격은 물론 식성까지 알 정도로 붙어 다니며 조언을 듣고 가르침을 받았으니까.

하지만 그리 말할 수는 없기에 대충 둘러댔다.

"당연히 알아야지요. 저희 은해상단의 기둥 중 한 분인데요."

"하하하."

분위기는 금방 화기애애해졌다.

.

.

.

식사를 마치고 잠시 객잔 밖으로 나와 주변을 거닐며 생각에 잠겼다.

우리는 여기까지 오면서 이런저런 방해를 받았었다.

길 한가운데 통나무가 놓여 있기도 했으며, 성난 벌이 왕왕거리는 벌집이 놓여 있기도 했었다.

뭐랄까?

시간을 지체하게 하는 목적으로서는 아주 훌륭했었다. 단지, 상대가 우리라는 것이 문제였지만.

그 수법이 지나친 건 아니었지만 사소해서 오히려 짜증 나게 했다.

이쯤 되니 대체 이렇게 열심히 우리를 방해하는 자들이 누군지 궁금해졌다.

일단 백천상단은 아니다.

거긴 이렇게 소소한 방해물 설치하느니 차라리 폭천뢰를 터트려 다 죽일 놈들이지.

그러곤 피식 웃었다.

사실 범인이 누군지는 아직 모르지만, 누군지 알아낼 방법은 있었다.

그런 수를 썼다는 건, 우리보다 근소하게 앞서서 길을 가고 있다는 의미니까.

이제, 역으로 상대방을 좀 골려 줘야겠다.

그렇게 생각하고 있을 때 나에게 누군가 다가왔다.

두 행수 중 하나인 금 행수다.

"잠시, 말씀드릴 것이 있습니다."

"네."

나는 내 옆을 호위하던 서우 무사에게 잠시 자리를 비켜 줄 것을 요청했다.

서우 무사는 적당히 거리를 두고 나와 멀어졌다.

물론 시선은 내게서 떼지 않았지만.

"무엇 때문에 그러십니까?"

"셋째 소단주님께서는…… 상단주 자리를 원하시는 겁니까?"

"네?"

지금 내게 상단주 자리를 원하는 거냐고 물은 건가?

"무슨 의미입니까?"

"말 그대로입니다. 상단주가 되실 생각이 있는지 여쭤보는 겁니다."

금 행수는 말을 이었다.

"비록 셋째 소단주님께서 이번 일의 대표가 되셨지만, 이번 일은 처음부터 여기까지 첫째 소단주님께서 힘들게 준비하신 일입니다. 저는 그걸 셋째 도련님께서 날로 먹는 건 용납할 수 없습니다."

아, 그래서 내가 정호 형 대신에 황실 비단 납품 경합의 대표가 된다고 했을 때부터 나한테 은근히 날을 세웠었구나.

정호 형은 좋겠네.

이렇게 충성스러운 지지자도 있고.

그러고 보니 이전 삶에서도 금 행수는 정호 형의 든든한 지지자였지.

능력도 출중해서 나중에 대행수까지 오르기도 했고.

하지만 그에게도 단점이 하나 있었는데, 그게 바로 이거다.

자신이 아니라고 생각하는 것에 대해서, 혹은 자신이

지켜야 할 것에 대해서 과하게 날을 세우는 것.

지금 그가 지켜야 하는 건 정호 형의 공적인 것이다.

내가 피식 웃자, 금 행수의 얼굴이 사나워졌다.

"왜 웃으십니까? 제 말이 우습게 들리십니까?"

"아, 죄송합니다. 금 행수님의 말이 우습거나 그래서가 아니라 저와 같은 생각이라서 그런 겁니다."

"네?"

내 말에 금 행수는 어안이 벙벙해져 되물었다.

"생각이 같다니, 그게 무슨……."

"제가 정호 형 대신에 이 일을 맡게 되었지만, 이 일의 공적을 내세울 생각은 없습니다. 이건 오롯이 정호 형의 공적입니다."

"제가 듣기로 셋째 소단주님께서 먼저 상단주님께 이번 일을 맡겠다고 청했다고 들었습니다. 상단주 자리에 욕심이 없다면 왜……."

"상단에서 직계 중 한 명이 대표로 참석해야 하는 상황이었으니까요. 사실 대행수님께 맡기려고 했는데, 그런 규정이 있더라고요."

"……."

"그리고 정호 형을 제외하고는 제가 가장 비단에 대해 잘 아니까요. 음…… 진호 형이 이 자리를 맡았다고 생각해 보세요."

내 말에 금 행수의 입에서 한숨이 튀어나왔다.

그도 아는 거다. 진호 형이 이런 부분에서는 부족하다

는 것을.

"뭐, 술자리에서 상대방과 의기투합하여 정보를 잘 캐오긴 하겠죠. 그것도 좋은 재능입니다만, 이번 경합은 황실과 관련된 일입니다."

"……."

"이번 일을 위해서 정호 형은 과로로 쓰러질 정도로 노력하고 애를 썼습니다. 저는 그런 형의 노력이 수포가 되지 않게 하려고 온 것입니다. 그러니까."

나는 빙글 웃으며 말했다.

"괜히 날 세우지 마세요. 저는 상단주같이 갑갑한 자리 싫어합니다."

그리 말하며 서우 무사가 있는 곳으로 향했다.

금 행수가 저렇게 오해하는 것도 이해는 간다.

우리 세 형제는 모두 소단주이다.

그 말은 즉, 서로 경쟁자라는 의미이다. 아버지나 조부님 역시 그런 경쟁에서 승리하여 상단주가 된 것이고.

그런 상황에서 나는 확실하게 소단주 자리에서 물러나겠다고 밝히지 않았다.

이미 우리 형제끼리는 암묵적으로 합의를 했고, 상단 사람들도 어느 정도 눈치를 챘으리라 생각했는데.

그렇지 못한 이들도 있는 모양이다.

하긴, 내가 워낙 많이 날뛰고 다녔어야지.

그렇다고 자중할 생각은 전혀 없다.

내가 날뛰고 다닐수록 은해상단이 더 위로 올라갈 테니까.

언제 한 번 확실하게 말하긴 해야겠네.

나는 상단주 자리에 관심 없다고.

그렇게 생각하며 서우 무사에게 말했다.

"들어가죠."

"알겠습니다."

나는 내 방으로 들어갔고, 팔갑에게 창인표국의 표두를 불러 달라고 했다.

"저, 부르셨습니까?"

"네. 들어오십시오."

이번에 우리와 함께하는 이는 송보(宋報) 표두다.

그에게 자리를 권하자, 팔갑이 차를 내놓았다.

"표두님. 솔직히 지금 짜증 나시죠?"

"네?"

"잘 가다가 바위가 놓여 있지를 않나, 통나무가 놓여 있지를 않나, 벌집이 있지를 않나. 저는 좀 짜증이 나거든요."

그제야 송 표두도 이해했다는 듯 고개를 끄덕였다.

"저 역시 마찬가지입니다. 그리 큰일이라고까지는 할 수 없지만, 신경에 거슬리는 것은 사실이니까요."

"이 정도면 분명히 인위적인 방해일 텐데, 짐작 가시는 데가 있습니까?"

"그건 잘 모르겠습니다."

"아무튼, 이대로는 성질이 나서 참아 주긴 힘듭니다. 그리고 지금까지는 소소한 방법이었지만 앞으로 어떤 방법으로 방해할지는 모르는 거 아닙니까?"

"맞습니다."

"제가 곰곰이 생각해 봤는데, 범인은 아마도 저희 바로 앞에 가고 있는 자들이라고 봅니다. 뒤에 저희가 따라오고 있는 것을 알고 이런 일을 벌인 것일 테니까요."

"과연, 타당한 추측입니다."

여기서 나는 살짝 미소를 지었다.

"그래서 말인데, 저희가 그자들에게 한 방 먹여 주면 어떨까 합니다."

"묘안이 있으십니까?"

나는 대답 대신 팔갑에게 손을 내밀어 지도를 받았다.

그러고는 그 지도를 펴서 한 곳을 가리켰다.

"여기를 보시면 지름길이 하나 있습니다. 길이 좁고 험해서 웬만해서는 기피하는 길이죠. 하지만 저 길을 통과만 한다면 저들을 앞지를 수 있습니다."

"저도 알고 있는 길입니다. 그리고 걱정하지 마십시오. 다들 독이 오를 대로 올라 있으니까요."

하긴 저들의 방해 때문에 가장 고생한 건 표국 사람들이니까.

그렇게 우리는 계획을 세웠고, 다음 날 아침 일찍 출발했다.

그리고 점심때쯤 계획한 대로 경로를 변경했다.

행수들에게는 미리 언질을 해 두었기에 반론이 없었다.

표국 쪽 역시 미리 말을 끝낸 듯, 각오를 다진 표정들이었다.

우리는 부지런히 길을 재촉해 지름길을 통과했다.

길이 험하기는 했지만, 다들 단단히 각오를 한 상태였기에 해가 지기 전에 큰길로 다시 합류할 수 있었다.

"주변을 살펴봤는데 아직 대규모 상단이 지나간 흔적은 없습니다."

"저희가 예상보다 좀 더 일찍 왔나 보네요. 역시 우수하네요. 창인표국은."

"하하하. 감사합니다. 그럼 시간도 넉넉하니 좀 일찍 야숙할 준비를 하는 게 좋겠습니다."

"알겠습니다."

우리는 익숙하게 야숙 준비를 마치고, 저녁을 먹었다.

내 예상대로면 이제 슬슬 우리를 짜증 나게 한 놈들이 가까이 왔을 텐데?

그렇게 쉬던 중, 저 멀리서 인기척이 느껴졌다.

한두 명이 아니라 수십 명에 달하는 것을 보니 상단이나 표국이 틀림없다.

드디어 아주 유력한 용의자가 등장했다.

그들은 점점 더 다가오다가 한 곳에서 멈췄다.

이만하면 송보 표두 역시 저들의 인기척을 느꼈을 거다.

이제 몰래 저들을 살피러 가야 하는데…….

내 무공 수준은 비밀이니 서우 무사나 진유 무사를 보내야겠군.

하지만 송 표두가 뜻밖의 질문을 건네 왔다.

"소단주님도 함께 저들을 살피러 가시는 겁니까?"

"네? 그게 무슨 말씀이십니까?"

내가 시치미를 떼자, 그가 작게 속삭이듯 말했다.

"궁주님께 말씀 들었습니다."

"······!"

"잘 보필해 달라고 하시더군요."

사부님을 궁주님이라고 부른다는 건, 설풍궁의 사람이라는 의미다.

그는 가볍게 미소를 지으며 말했다.

"그러니 제게는 숨기지 않으셔도 됩니다."

"그렇군요."

그렇다면 굳이 다른 호위들에게 이 일을 맡기지 않아도되겠군.

나는 진유 무사만을 데리고 송 표두와 함께 조용히 움직였다.

.

.

.

타닥, 타다닥.

모닥불의 나무가 타는 소리가 들려왔다.

한 무리의 이들이 삼삼오오 모여 앉아 있었다. 그리고 그들이 둘러싼 마차에 매달려 있는 깃발을 보니, 그 정체를 알 수 있었다.

우리와 같은 호북성의 상단 중 한 곳인 진가상단이다.

내가 수신호를 보내자, 다른 둘 역시 기척을 숨기고 그들을 향해 다가갔다.

"오늘도 참 많이 걸었다."
"그러게 말이야."
"어서 먹기나 해. 우리 일이 밥 먹으면 끝이 아니잖아."
"하긴 그러네."

쟁자수로 보이는 이들.
그들은 저녁을 먹고 있었지만, 우리는 차분히 인내심을 가지고 기다렸다.
이런 자리에서 얻을 수 있는 정보가 있기 마련이니까.
그렇게 일 각 정도 지났을까, 그들의 입에서 우리가 원하는 이야기가 나오기 시작했다.

"그런데, 괜찮을까?"
"뭐가?"
"아니, 우리 뒤에 따라온다는 그 상단 말이야."
"아…… 은해상단."
"아무리 창인표국을 엿 먹이기 위해서라지만, 동행하는 상단이 은해상단인데 윗분들은 후환이 두렵지 않으신가 봐."
"이게 표두님의 의향만 있어서 되는 일이겠냐?"
"그럼 역시, 진가상단도?"

"저들의 입장에서 은해상단은 강력한 경쟁자니까. 그들이 제시간에 도착하지 못하기만 해도 경쟁자를 하나 제거할 수 있는 거지."

"그렇긴 한데 솔직히 좀 무섭네."

"우리가 했다는 증거라도 있냐?"

"……없지."

"그런데 뭘 그렇게 쫄고 있어. 밥이나 처먹어라."

"이 새끼가! 태연한 것도 정도가 있지! 창인표국도 창인표국이지만, 은해상단이 어떤 자들인데?"

"그렇다고 뭘 어쩌겠어? 우리가 했다는 증거도 없는데, 그런 소소한 방해 가지고 트집을 잡으면 저들의 속이 좁다는 거를 만방에 알리는 것밖에 더 되겠냐?"

"에휴, 말은 잘하네."

이만하면 더 들을 필요가 없다.

나는 같이 왔던 두 사람에게 전음을 보내고는 조용히 뒤로 물러났다.

그리고 우리가 야숙하는 곳으로 돌아와 행수들을 소집했다.

내 얘기를 듣자, 행수들은 어처구니없다는 듯한 반응을 보였다.

"아니 그럼! 저 진가상단을 호위하는 표국에서 이 일을 주도했다는 겁니까?"

송 표두는 고개를 숙여 포권했다.

"송구합니다. 저희 표국이 불민한 탓에 이런 일이 생기게 되었습니다."

나는 고개를 저었다.

"고개를 드세요. 이번 일은 창인표국의 잘못이 아닙니다. 잘못이 있다면 잘못된 마음을 품은 저 표국……."

"대웅표국입니다."

"네, 대웅표국과 그 마음에 동조한 진가상단의 잘못입니다."

나는 잠시 시간을 두고 말을 이었다.

"그리고, 물론 저는 이번 일을 그냥 넘어갈 생각이 없습니다."

내 말에 석 대행수가 조심스레 물었다.

"무슨 방법이 있으십니까? 저들의 말대로 이번 일은 마땅한 증거도 없고, 사소한 일에 불과합니다."

"맞습니다. 심사를 보는 이들에게 말해 봤자, 오히려 찌질하다는 비아냥을 들을 수도 있습니다."

그들의 말대로 조금 애매하고 답답한 상황.

그때 내 머릿속에 좋은 생각이 떠올랐다.

"혹시, 귀신 놀이 좋아하십니까?"

* * *

부우-. 부우-.

부엉이가 우는 소리가 들리는 밤이다.

모닥불이 피어오르는 가운데, 대웅표국과 진가상단의 일행은 야숙 중이었다.

올해 삼 년차 표사인 만동은 다른 표사 동료와 함께 불침번을 서고 있었다.

"으, 어째…… 오늘은 뭔가 으스스하네."

"날이 추워서 그런 거지."

그렇게 한참 불침번을 서자 눈이 조금씩 감기기 시작했다.

"어우, 오늘따라 왜 이리 졸리지?"

"정신 차려! 그러다가 표두님한테 걸리면 반 죽는다."

"윽!"

그들은 야숙지 밖을 향해 다시 자세를 다잡고 섰다.

그런데 그의 어깨를 누군가 툭툭 건드렸다.

"왜?"

만동은 고개를 돌리며 물었다. 하지만 동료 표사는 오히려 반문했다.

"응?"

"방금 내 어깨를 두들겼잖아. 뭐 할 말 있어서 그런 거 아니야?"

"무슨 소리야? 내가 언제 네 어깨를 두들겼다고?"

"내가 착각했나?"

만동은 고개를 갸웃하고는 다시 바깥을 향해 고개를 돌렸다.

그렇게 반 각 정도 지났을까, 다시 그의 어깨를 두들기는 감촉이 느껴졌다.

"무슨 일인데?"

"응?"

"방금 내 어깨를 두들겼잖아?"

"내가 언제?"

하지만 동료 표사는 의아한 표정을 지을 뿐이었다.

"이상하네?"

만동은 뺨을 긁적이며 다시 바깥으로 고개를 돌렸다.

그렇게 일각이 흘렀고, 동료 표사가 그를 불렀다.

"더 이상은 못 참겠다. 나 잠시 볼일 좀 보고 올게."

"자식이, 빨리 와라."

"알았어."

그렇게 만동은 혼자 경계를 서게 되었다.

잠시 후, 그의 어깨를 누군가 두들겼다.

벌써 세 번째.

만동은 저도 모르게 욱하며 버럭 소리를 질렀다.

"이 자식이! 지금 장난칠 때냐? 내가 그렇게 만만해
보⋯⋯."

순간 그는 굳어 버렸다.

그의 주변에는 아무도 없었으니까.

동료 표사는 볼일을 보러 가서 돌아오지 않은 상황.

그럼 누가?

거기까지 생각이 미친 그의 두 다리가 미친 듯이 떨리
기 시작했다.

"야, 나 돌아왔…… 왜 그래?"

그때 마침 돌아온 동료 표사의 물음에 만동은 떨리는 목소리로 말했다.

"귀, 귀신……."

그러곤 그대로 주저앉고 말았다.

그런 상황은 그에게만 벌어진 게 아니었다.

진가상단의 대표로 온 소단주도, 대웅표국의 표두도, 그리고 행수들도 '어깨를 두들기는 귀신'의 존재에 두려워 잠을 이루지 못하고 있었다.

저벅저벅.

난데없는 귀신의 등장으로 공포에 빠진 그들에게 갑작스러운 발소리가 들려왔다.

발소리가 들려오는 쪽에서는 약한 불빛도 함께였다.

"누, 누구지?"

"이, 일단 안에 보고하고 올게!"

굳어 버린 만동을 대신해 동료 표사가 안으로 뛰어 들어갔다.

이내 진가상단의 소단주와 대웅표국의 표두를 비롯한 이들이 밖으로 나왔다.

"사람일까요? 귀신일까요?"

"일단 모르니 다들 경계하십시오."

등불은 점점 그들에게 가까워졌고, 이내 얼굴을 알아볼 수 있을 정도로 가까이 다가왔다.

등불에 비친 얼굴은 순간적으로 멈칫할 정도의 미남이

었다.

그래서였을까?

그들은 귀신에게 시달려 겁을 먹은 상태임에도 멍하니 그를 바라보았다.

"다들 무사하십니까?"

부드러운 목소리에 그들은 허둥지둥 대답했다.

"헉! 무, 무슨 일이십니까?"

"사, 사람이십니까?"

"사람입니다. 저쪽에서 야숙을 하던 중에 비명 소리가 들려서 와 봤는데…… 별일 없으신 듯해서 다행이군요."

그는 느긋한 표정으로 주변을 둘러보더니 입을 열었다.

"아, 진가상단과 대웅표국 분들이시군요. 제 이름은 은서호, 은해상단의 소단주입니다."

"아……."

그 말에 진가상단의 소단주가 얼른 앞으로 나서며 인사했다.

"제 이름은 진우진, 진가상단의 소단주입니다. 그런데 저쪽에 계시다면?"

"저기 앞쪽입니다."

은서호가 가리킨 곳은 그들이 내일 지나쳐야 할 곳.

즉, 자신들보다 앞서서 가고 있다는 거다.

그렇다면 자신들이 창인표국과 은해상단을 방해하기 위해 길에 놓고 왔던 장애물들이 무용지물이 되었다는 뜻이다.

진우진 소단주는 애써 표정을 관리하며 말했다.

"저희보다 앞서가고 계셨군요. 휴식을 방해해서 죄송합니다."

"아닙니다. 저희는 괜찮은데…… 다들 안색이 좋지 않아 보이시는군요."

"그게……."

"귀신이라도 보신 겁니까?"

"……!"

그 말에 그들은 순간 멈칫했고 대웅표국을 이끄는 표두가 헛기침을 하며 말했다.

"귀, 귀신이라니요. 험험."

"사실 저희가 여기가 아닌 저쪽에서 야숙을 하는 건 이곳이 귀신이 나오는 귀터이기 때문입니다."

"……."

"제가 전에 이곳을 지나다가 여기서 야숙을 하려고 했던 적이 있었습니다."

그 말에 옆에 있던 곰을 닮은 시종인 듯 보이는 남자가 고개를 끄덕였다.

"그때 이곳 토박이로 보이는 노인분께서 해 주신 말씀이 있습니다. '혹시 길에 장애물을 설치하거나 하지는 않았지?'라고 물으시더군요."

"……."

그 말에 다들 움찔할 수밖에 없었다.

하지만 미남자는 이를 눈치채지 못한 듯 태연하게 말을 이었다.

"그래서 '왜 그리 물으십니까?' 했더니, 만약 길에 장애물을 설치하거나 이를 제대로 치우지 않았다가는 이곳에서 야숙을 할 때 어깨를 두들기는 귀신을 보게 될 거라고 하시더군요."

"히익!"

"히이익!"

"여기에는 가슴 아프고도 슬픈 사연이 전해진다고 합니다."

"사, 사연이라고 하시면?"

겁에 질린 진우진 소단주의 물음에 은서호가 답했다.

"한 여인이 타지에 나간 낭군님이 아프다는 소식을 들었습니다. 하여 낭군님을 구명할 약을 가지고 길을 떠났죠. 그런데 누군가 길에 장애물을 설치한 바람에 시간이 지체되었고, 막 도착했을 때 불과 한두 시진 차이로 낭군님이 숨을 거둔 겁니다."

"……."

"이에 상심한 여인은 시름시름 앓다가 죽었고, 그 원한으로 귀신이 되어 장애물을 설치하여 자신을 늦게 만든 자를 잡아가기 위해 이곳을 떠돌고 있다고 하더군요."

"……."

"그리고 어깨를 두들겨 자신이 잡아갈 자를 점찍는다고 합니다."

은서호의 담담한 말투에 그들은 더욱더 소름이 끼쳤다.

"그, 더 이상 귀신이 나타나지 않게 하려면 어찌해야 합니까?"

두려운 표정을 한 행수의 질문.

"그건 생각보다 간단하더군요."

"……?"

"저쪽에 보면 작은 바위가 하나 있는데, 그녀를 모신 곳이라고 합니다. 그 앞에서 자신의 죄를 사죄하고 앞구르기를 열 번 하면 된다고 합니다."

"네?"

"아, 앞구르기요?"

"네. 그러면 그녀가 잡은 흔적이 지워져서 그녀가 찾을 수 없게 된다고 하더군요."

은서호는 말을 이었다.

"그래서, 당시 제 일행이었던 자가 길에 나무토막을 하나 버렸던 것이 장애물을 설치한 것으로 간주되는 바람에 곤욕을 치렀지만, 다행히 그 앞에서 앞구르기를 한 덕분에 살아났습니다."

"맞습니다요."

"노인분의 말이 맞았던 거죠. 아무튼, 그때부터 저희는 이 장소를 피하게 되었습니다."

"……."

은서호는 옅은 미소를 지으며 말했다.

"뭐, 장애물을 설치하거나 그런 일이 없었다면 제 말은 무시하셔도 됩니다."

"하하하. 그, 그렇군요."

대웅표국의 표사 중 하나가 고개를 갸웃하며 말했다.

"하지만 저희는 그런 이야기는 전혀 듣지 못했습니다. 이곳을 한두 번 오가는 것도 아니고요."

"저희도 그때 일행 중 하나가 그런 일을 하지 않았다면 그런 사연에 대해 알지 못했을 겁니다."

"……."

은서호의 진지한 표정과 말투에 그들은 더 이상 반론할 수가 없었다.

이미 '어깨를 두들기는 귀신'을 경험했을 뿐만 아니라 실제로 저지른 죄가 있었기에 더더욱.

"밤이 제법 깊었군요. 아무 일도 없어 보이니 다행입니다. 보아하니 황실 비단 납품 경합 때문에 가시는 듯한데, 서로 잘해 봅시다."

* * *

나는 속으로 씨익 웃으며 저들을 보았다.

내 이야기가 그렇게 실감 났나?

완전히 얼어붙었군.

내가 볼 때 이건 내가 이야기를 실감 나게 해서라기보다는 서우 무사와 진유 무사가 그만큼 저들을 공포에 휩

싸이게 한 덕분이겠지.

물론 금령이의 활약도 있었고.

"그럼 저희는 이만."

"아, 네⋯⋯."

우리는 다시 야숙지로 돌아갔다.

"그런데 말입니다요."

"응?"

"급조한 이야기치고 진짜 무서웠습니다요."

팔갑의 말에 나는 피식 웃었다.

"내가 봐도 좀 이야기꾼의 소질이 있는 거 같긴 해."

그렇다.

방금 내가 했던 '어깨를 두들기는 귀신' 이야기는 전부 지어낸 이야기다.

그럼 이제 슬슬 좋은 구경을 하러 가야겠군.

우리는 야숙지 근처의 절벽으로 향했고, 그 아래를 바라보았다.

내가 알려 준 곳은 바로 절벽 아래에 있는 장소였고, 당연히 우리가 있는 곳에서 아주 잘 보이는 곳이다.

그곳에 대충 작은 바위를 가져다 놓고 그럴듯하게 꾸며 놓았다.

잠시 후, 그곳으로 한 무리의 이들이 우르르 몰려왔다. 그리고 그들은 열 명씩 짝을 지어 앞으로 나왔다.

"저희의 죄를 사죄합니다."

그리고 진가상단과 대웅표국의 모든 이들이 열 번씩 앞

구르기를 했다.

저게 바로 내가 귀신놀이를 한 진짜 이유다.

데굴데굴 구르는 그 모습을 보니, 속이 다 시원했다.

그러니까 누가 우리를 건드리래?

다음 날,

우리는 다시 북경으로 출발했다.

어젯밤 있었던 일 덕분인지 행수들이 나를 바라보는 시선에는 신뢰가 가득했다.

하긴, 어젯밤에 진가상단과 대웅표국 사람들이 데굴데굴 구르는 모습을 보며 웃음을 참느라 고생했지.

나는 행수님들 배꼽이 빠지는 줄 알았다.

"셋째 소단주님이 저희 은해상단 사람이라서 정말 다행입니다."

"정말, 그렇습니다."

금 행수도 고개를 끄덕여 석 대행수와 영 행수의 말에 동의했다.

그렇게 우리의 여정은 계속되었다.

.

.

.

며칠 후, 우리는 북경에 도착했다.

그리고 고모님이 계시는 연준상단으로 향했다.

연준상단은 점점 번성해서 이제는 우리가 신세를 져도

부담되지 않을 정도였다.

"어서 오너라."

미리 전갈을 보내서인지 고모님과 선미가 나를 반겨 주었다.

"고모님을 뵙습니다. 선미도 오랜만이네."

"네, 오라버니."

"그런데 이번에 정호가 온다고 하지 않았니?"

"맞습니다. 하지만 정호 형이 과로로 쓰러지는 바람에 대신 제가 왔습니다."

"저런…… 지금은 괜찮은 것이냐?"

"네, 다행히 몸이 많이 상하지는 않았습니다. 하지만 괜히 북경에 오느라 무리했다가 더 탈이 날까 싶어 제가 오게 되었습니다."

"그래, 잘했어. 호북에서 북경까지의 길이 관도인 덕에 다른 여정에 비해 편하다고는 해도 무시할 여정은 아니니까."

고모님은 시선을 돌려 내 뒤쪽의 행수님들을 보았고, 나는 고모님에게 세 분을 소개했다.

"저와 함께 이번 경합에 함께 하실 행수님들이세요."

서로 안면이 있었던 듯, 고모님과 행수님들이 서로 웃으며 인사했다.

"오랜만에 뵙네요. 석 대행수님, 그리고 두 분도요."

"네, 그간 강녕하셨습니까?"

그러고 보니 세 분은 모두 고모님이 혼인하여 북경으로

오시기 전부터 은해상단에 있던 분들이지.

"오시느라 힘드셨죠? 편히 쉬세요."

"감사합니다. 아가씨."

나는 내당의 처소로 향했다.

먼지를 씻어 내고 옷을 갈아입고서야 침상에 널브러질
수 있었다.

"으, 역시 마차에 오래 타는 건 할 짓이 못돼."

"그래도 말을 타는 것보다는 편하다고 생각됩니다요."

"그건 그렇지."

나는 그리 중얼거리며 이번 황실 비단 납품 경합에 대
해 생각했다.

이전 삶에서 경합에 직접 참여하지는 못했지만, 혹시나
하는 생각에 정보는 꾸준히 모아 뒀었다.

몇 가지 주의해야 할 것들이 있어서 그걸 정호 형에게
언질을 주려고 했지만, 그럴 필요가 없게 되었다.

우선 이전과 상황이 조금 달라졌다.

그때 경합의 심사를 보던 대신 중에 하나의 이름은 고
성일.

선일 형님이 과거를 볼 때 부정행위를 저질러 높은 관
직에 올라간 두 사람 중에 하나다.

무림맹을 등에 업고 있는 자였기에 당연히 백천상단에
게 후한 점수를 줬었다.

하지만 이번에는 그가 사라졌으니 그때와는 조금 상황

이 달라질 터.

 하지만 상관없다.

 그것 말고도 아는 정보들이 있고, 고작 이 정도도 해내지 못해서야 천하제일 상단을 노린다고 할 수 없지.

* * *

 황궁.

 집무실에서 황제는 태감의 보고를 듣고 있었다.

 "그래? 은해상단의 대표로 그 녀석이 왔단 말이지?"

 "그러하옵니다."

 황제가 피식 웃자, 태감이 조심스럽게 물었다.

 "그를 들라고 명할까요?"

 "아니다."

 태감의 말에 황제는 손을 들어 그를 막았다.

 "네? 어찌하여?"

 "생각을 해 봐라. 내가 그 녀석을 부르면 안 그래도 서로가 서로를 주시하고 있을 텐데 이번 비단 납품 경합이 공정하게 진행되겠느냐?"

 "송구하옵니다. 소신의 생각이 짧았습니다."

 "이번에는 그 녀석이 무슨 사고를 칠지 기대가 되는구나. 하하하."

 그리 웃던 황제의 웃음이 딱 끊겼다.

 "그런데 말이지."

"네? 왜 그러시옵니까? 폐하?"

"그 녀석이 너무 잘생겼다는 것이 문제란 말이지."

* * *

드디어 황실 비단 납품 경합이 시작되었다.

우리는 조서에 적혀진 대로, 시간에 맞춰 황궁으로 향
했다.

사시(巳時:오전 09~11시) 초(初)까지 황궁 앞에 모여,
내관에게 도착을 알려야 했다.

그리고 모두 함께 경합을 위한 장소까지 이동해야 했
다.

우리는 고모님의 응원을 받으며 출발했고, 곧 황궁에
도착했다.

앞에는 명단을 손에 든 내관이 서 있었다.

나는 그에게 다가가 말했다.

"은해상단입니다."

내관은 명단을 확인하고 점을 찍었다.

"이제 곧 출발이니 어디 가지 말고 대기하십시오."

"네."

그렇게 일각 정도가 지나자, 사시 초를 알리는 종소리
가 울려 퍼졌다.

"모두 줄을 서십시오. 그리고 각자 출입패를 받으면 반
드시 패용하고 저 내관을 따라 이동하시면 됩니다."

나는 팔갑과 호위들의 배웅을 받으며 황궁 안으로 들어
갔다.

그전에는 별로 감흥이 없던 황궁인데, 오늘은 뭔가 가
슴이 두근거렸다.

경합 장소는 황궁에서도 외궁에 해당하는 곳이었다.

우리는 그곳에 서서 잠시 기다렸다.

"떨리십니까?"

내 물음에 석 대행수가 고개를 끄덕였다.

"예, 좀 떨리는군요. 제 평생에 황궁에 들어와 보다니
손주들에게 자랑할 일이 생겼습니다."

"손주들이 자랑스러워할 겁니다."

그러던 중, 내관의 목소리가 울려 퍼졌다.

"황후마마와 비빈 마마, 그리고 공주마마께서 드십니
다."

이어 황족들이 들어섰고, 우리 모두 즉시 부복하며 외
쳤다.

"황후마마를 뵙습니다. 천세 천세 천천세!"

"고개를 드세요."

기품있는 목소리.

우리는 자리에서 일어났고, 고개를 들었다.

화려하게 치장한 황후를 위시한 비빈들과 공주들이 보
였다.

이번 경합의 주제인 비단은 복식의 재료이다.

그렇기에 황실의 복식을 맡은 관리 및 궁녀들과 가장 많은 비단을 사용하는 황후와 비빈들, 그리고 황제가 보낸 관리 두 명이 이번 경합의 심사자이다.

공주들은 그냥 참관하러 온 것 같고.

황후는 조곤조곤하면서도 힘 있는 목소리로 우리에게 정정당당히 승부해 줄 것을 명했다.

나는 그녀를 보며 이전 삶을 떠올렸다.

그녀는 지금으로부터 십 년 후에 독살을 당한다.

이전에 제갈세가에 갔을 때 알아냈던 바로 그 독에.

정황상, 무림맹의 짓이 분명하다.

이번 경합에서 우리 은해상단이 이긴다면 그 시기가 좀 더 빨라질 수도 있다.

원하던 것을 얻지 못해서 조급해질 테니까.

그때, 문득 드는 궁금증.

무림과 관은 서로의 영역에 대해 불가침일 텐데…… 어째서 황후를 독살하고 다른 황후를 들여보내기까지 했던 거지?

지금으로서는 그 이유를 정확히 알 수 없다.

하지만 그 야욕을 막는 것은 나로서도, 은해상단으로서도 이득이 될 터.

그러니 철저하게 방해해 줘야지.

"그럼, 지금부터 황실 비단 납품 경합을 시작하겠습니다."

내관의 말에 나는 정신을 차리고 앞을 보았다.

"이번 경합은 총 다섯 단계를 거쳐 최종 납품 상단이 결정됩니다. 우선 첫 번째로 서류를 통해 자격을 심사하였습니다."

정호 형이 과로로 쓰러지면서까지 동분서주했던 것이 바로 서류를 통한 자격 심사 때문이었다.

"두 번째는 각자 황실에서 제시한 주제에 맞는 비단을 가지고 오라는 것이었습니다."

그래서 우리는 창인표국에 의뢰하여 비단을 가지고 이곳까지 온 것이다.

하지만 우리는 황궁에 들어올 때 비단을 가지고 오라는 말은 듣지 못했다.

나는 눈을 빛냈다.

내가 알고 있는, 이전 삶에서의 경합 내용과 달라지지 않았으니까.

"지금부터 두 시진을 드리겠습니다. 그때까지 비단을 가지고 황궁의 문을 넘지 못한다면 탈락입니다."

그리고 내관은 고개를 돌려 황후를 보았다.

황후가 고개를 끄덕이곤 말했다.

"납품 기일도 지키지 못하는 상단은, 황실과 거래할 자격이 없지. 그럼 시작하라."

"네."

곧바로 다른 내관이 기다란 향에 불을 붙였다.

반 시진 동안 타는 향이다.

그 향이 네 개가 탈 동안이 제한 시간인 것이다.

"저희가 제일 불리한 게 아닌가 싶군요."

석 대행수의 말대로다.

우리가 머무는 연준상단은 황궁에서 좀 떨어진 곳에 있었으니까.

하지만 나는 고개를 저었다.

"그렇지 않습니다. 여기서 관건은 얼마나 빨리 준비하여 안전하게 오느냐입니다."

나는 석 대행수에게 말했다.

"대행수님은 여기 계십시오."

아무래도 나이도 있고 급박하게 움직이기에는 적합하지 않으니까.

우리가 모두 움직여야 할 필요도 없고.

"저도 그게 좋을 듯합니다. 도움이 되지 못해 죄송합니다."

"그게 무슨 말씀이십니까? 저희는 대행수님의 존재만으로도 든든합니다."

그러곤 두 행수에게 말했다.

"그럼 갑시다."

"알겠습니다."

우리가 궁에서 나오자 여응암 무사가 나를 맞았다.

"나오셨습니까?"

"네. 지금 즉시 연준상단으로 가야 합니다."

나는 금령에게 부탁했다.

"금령아. 팔갑에게 신호를 보내 줘."

내 부탁을 들음과 동시에 금령은 순식간에 연준상단을 향해 날아갔다.

황실 쪽에는 크게 달라진 게 없으니 지난 삶과 같은 주제가 나올 가능성이 높았다.

그래서 팔갑과 나머지 호위들을 연준상단에 대기시켜 두었다.

이전 삶의 기억 때문에 정보를 미리 알고 있으니 불공평하다고 여길 수도 있다.

하지만, 나만 이 정보를 알고 있을까?

회심의 미소를 짓는 이들이 있는 것을 보니, 그들도 이미 이에 대해 알고 있는 듯했다.

유력 상단이라면 황궁에 연줄이 없진 않을 테니까.

하지만 황궁은 그리 호락호락한 곳이 아니다.

그렇게 미리 정보를 알고 있다고 해도 황궁까지 오는 것이 문제다.

득달같이 달려드는 방해꾼들을 피하거나 뚫고 황궁 문을 넘어야 했으니까.

우리는 열심히 말을 달려 연준상단에 도착했다.

팔갑이 비단을 준비해서 우리를 기다리고 있었다.

"도련님! 준비가 끝났습니다요!"

나는 고개를 끄덕이고는 송 표두에게 말했다.

"지금 즉시 움직이도록 하죠."

"알겠습니다."

"이전에 제가 말씀드린 거 기억하시죠?"

"물론입니다."

비단을 가지고 우리는 황궁으로 향했다.

그렇게 황궁으로 출발한 지 일각 정도 되었을 때.

"하하하! 멈추어라!"

"비단 다 내놔라. 안 그러면 죽는다."

"……."

금군의 복식을 한 열 명의 사내들이 우리 앞을 막아섰다.

하지만 '도적'이라고 적힌 동의를 걸친 것이 이번 경합을 위해 변장한 이들임을 증명해 주었다.

하지만 금군인 것은 확실하기에 보통 사람들이라면 어찌할 바를 모르고 우물쭈물할 거다.

하지만, 나는 단호하게 명령을 내렸다.

"황실에 납품할 비단을 노리는 이들입니다. 처리하세요."

표사들은 송 표두의 눈치를 보며 머뭇거렸다.

후환이 두려운 거겠지.

하지만 지금은 그게 정답이 아니다. '도적'이라고 적힌 동의를 입고 있는 이상, 저들은 도적이다.

그사이, 내 명을 받은 서우 무사를 비롯한 네 명의 호위들은 즉시 움직였다.

역시 충성스러운 이들이다.

스릉,

스르릉,

그들은 검을 빼 들고는 살기를 담아 그들을 노려보았다.

다들 절정을 눈앞에 뒀거나 절정에 오른 무사들.

일개 금군들이 감당할 수 있는 수준이 아니다.

"하하하, 저, 저희가 사람을 잘 못 봤습니다."

"황실 비단 납품 상단이시군요."

"어, 어서, 지나가십시오."

하지만 나는 그냥 지나치지 않고 재차 명령했다.

"저들을 포박하세요."

"알겠습니다."

송 표두가 걱정스럽게 물었다.

"저들은 이미 항복했습니다. 그런데 포박까지 하는 것은 과한 처사가 아닐까요?"

"저들이 아직 자의로 동의를 벗지 않았습니다. 그 말은 즉, 언제고 저희 뒤통수를 칠 수 있다는 의미입니다. 그건 도적들을 겪어 본 적이 있는 송 표두님도 잘 알고 계시리라 생각합니다."

내 말에 동의를 입고 도적 역할을 하던 금군들이 움찔했다.

그걸 본 송 표두는 턱을 쓰다듬으며 말했다.

"소단주님의 말씀대로입니다. 도적들을 상대로 방심은 금물이지요. 역시, 만만치 않군요. 황궁은."

이것이 내가 정호 형에게 언질을 주려고 했던 정보 중 하나다.

저들이 이곳에서 우리를 그냥 보내 준다고 해도, 그들에겐 또 하나의 역할이 있다.

그건 몰래 뒤에서 습격해서 마차를 망가트리는 것이다.

이 과정에서 여러 상단이 탈락하고 말았다.

송 표두가 표사들에게 명을 내렸다.

"모두 포박하라!"

"네!"

송 표두의 명이 떨어지자 그제야 표사들은 재빨리 열 명의 금군들을 포박했다.

"그럼, 다시 출발할까요?"

"네. 가시죠."

그렇게 우리는 '도적'의 난관을 뚫고 황궁으로 향했다.

제한 시간까지 한 시진이 채 남지 않았다.

그렇게 다시 나아가던 중, 우리를 향해 다가오는 한 무리와 마주쳤다.

이번에 마주한 무리는 손에 물이 가득 든 동이를 들고 있었다.

이번에는 '비'가 올 때 어떻게 대응할지 보겠다는 거군.

폭우가 쏟아지거나 할 때 제시간에 비단을 납품할 수 있는지를 시험하는 거다.

그나저나, 참 직관적인 방법이네.

직접 바가지로 물을 퍼붓겠다니.

그때 그들 중 하나가 두루마리 하나를 펼쳐 보였다.

[직접적으로 우리에게 손대면 탈락입니다.]

하긴,

비가 온다고 비구름을 막을 수는 없지.

하지만 나는 걱정하지 않았다. 저 방해 역시 예상하고 있었으니까.

"송 표두님, 준비는 되셨죠?"

"물론입니다."

펄럭—

우리는 각자 짐에서 우의를 꺼내어 뒤집어쓰고는 바가지로 물을 끼얹는 이들 사이를 유유히 지나갔다.

"왜 기름먹인 종이와 천으로 꼼꼼하게 싸라고 하셨는지 이제야 알겠습니다."

"네, 어떤 상황이 닥칠지 알 수 없는 게 표행이잖아요."

"하하하하. 표두는 저인데, 지금은 소단주님이 더 표두 같으십니다."

송 표두는 연신 감탄사를 내뱉었다.

"그래서 든든합니다."

그렇게 우리는 '폭우' 속에서도 비단이 젖지 않게 지켜낼 수 있었다.

이번 시험은 어찌 보면 상단보다 표국의 저력을 보는 것 같을 수도 있다.

하지만 이 또한 상단의 능력을 시험하는 요소가 될 수 있다.

표국과 표사들을 잘 선택하여 상행을 하는 것 역시 상단에 필요한 능력 중 하나니까.

곧 우리는 황궁 앞에 도착했다.

"여기까지 비단을 가지고 오느라 고생이 많으셨습니다!"

황궁 앞에서 노심초사 기다리고 있던 석 대행수가 우리에게 달려왔다.

나는 땅의 흔적을 살피며 물었다.

"혹시, 저희보다 먼저 황궁에 들어간 곳이 있습니까?"

"백천상단이 가장 먼저 들어갔습니다. 그리고 득행상단도 들어갔고요."

"그렇군요."

시간을 맞추어 속도를 조절한 보람이 있군.

정보를 알고 있었으니 가장 먼저 도착할 수도 있었지만, 그러지 않았다.

안 그래도 황제에게 종종 불려 가는 덕분에 공정성 시비가 걸릴 것을 염려하고 있는데, 가장 먼저 도착한다면 먹잇감을 줄 수가 있지.

그렇다고 너무 늦게 가는 것은 자존심이 상했다.

해서 적당히 서너 번째에 도착하려고 했는데 딱 맞아떨어졌다.

그나저나 백천상단과 득행상단이라…….

역시 황궁에 줄이 있었군.

그게 아니라면 이렇게 손쉽게 황궁에 도착하지 못했을 테니까.

"그럼, 들어가죠."

"부디, 좋은 결과가 있으시길 바랍니다."

송 표두와 표사들이 우리를 배웅했다. 표국의 역할은 여기까지였으니까.

금군들은 마차를 꼼꼼하게 수색했다. 혹시라도 불온한 마음을 품은 자가 숨어들어오지 않았는지를 검사하는 것이다.

"통과!"

그 말에 우리는 고개를 꾸벅 숙여 보이고는 직접 마차를 끌고 황궁 안으로 들어갔다.

그와 동시에 문 옆에 기다리고 있던 내관이 서책에 뭔가를 적으며 말했다.

"은해상단 통과. 비단을 가지고 아까 안내를 받았던 건물의 마당으로 가면 됩니다."

"네."

내관이 일러준 마당으로 가자, 먼저 도착한 백천상단과 득행상단의 이들이 그곳에 있었다.

"무사히 도착하신 것 축하드립니다."

득행상단의 다섯 번째 아들이었나?

그가 나에게 축하를 건넸다.

"감사합니다."

하지만 경쟁자 사이에 많은 말을 섞을 필요는 없었다. 나는 감사하다고 적당히 대답한 후 그 옆에 섰다.

앞을 살피자, 향 하나가 거의 다 타들어 가고 있었다.

대략 일각도 남지 않은 시간.

그 사이 상단 사람들이 하나둘 도착하기 시작했다.

사천성의 만일상단이 우리 뒤를 이어 도착했고, 그 뒤를 절강성의 유가상단이 이었다.

그때 내관이 말했다.

"황후마마와 비빈마마, 공주마마께서 드십니다."

우리는 즉시 부복하여 예를 갖추었다.

"모두 일어나라."

"성은이 망극하옵니다."

황후는 내관에게 물었다.

"시간은 다 되었는가?"

"네, 방금 시간이 다 되었습니다."

제시간에 도착한 곳은 은해상단을 포함하여 총 일곱 개의 상단뿐이었다.

하긴, 황궁에서 준비한 이런저런 '시련들'은 예상치 못한 것일 테니 속수무책으로 당했겠지.

그러고 보니 호북성에서 북경으로 올 때 우리 은해상단을 방해했던 진가상단은 보이지 않았다.

탈락한 모양이군.

자고로 치졸한 수를 쓰는 자들치고 결과가 좋은 경우는 없다.

황후가 우리를 보며 말했다.

"이번 관문을 통과하느라 고생이 많았다. 내가 준비한 관문이 마음에 들었는지는 모르겠지만 말이지."

아…….

이번 관문은 황후의 솜씨였구나.

"그런데 내가 준비한 관문을 돈으로 뚫고 온 이들이 있더군."

황후의 시선이 백천상단과 득행상단을 향했다.

"솔직히 마음에 드는 방법은 아니지만, 내가 이를 금지하지는 않았으니 어쩔 수 없지."

그녀의 말에, 저 두 상단이 어떻게 이리 일찍 도착했는지 알 것 같았다.

돈으로 후려친 거다.

"하지만 내 경고하겠다. 솔직히 돈을 쓰는 것도 실력이라지만 내가 보고 싶은 실력은 그런 실력이 아니다. 그러니 이 점 유념하도록."

두 상단의 사람들이 고개를 숙였고, 황후가 고개를 돌리며 말을 이었다.

"이번에 황실에서 내건 주제는 황실에서 가장 쓰임이 많은 비단을 가지고 오라는 것이었다. 각자 가지고 온 비단이 주제에 맞는 비단인 이유에 관해 설명하도록 해라. 순서는 먼저 온 순서대로."

백천상단과 득행상단이 각자 자신들이 가지고 온 비단에 대해 설명했다.

"다음은 은해상단."

"네."

나와 세 행수는 가지고 온 비단을 꺼내어 상 위에 올려놓으며 말했다.

"저희 은해상단에서는 이 비단을 준비했습니다."

황후는 호기심 어린 표정을 지었다.

"다른 상단에 비해 수수하구나."

왜냐하면 내가 가지고 온 비단은 아무 염색도 되어 있지 않은 백색의 비단이었으니까.

"네. 황후마마. 하지만 이것만큼 황실에서 많이 쓰이는 비단은 없을 것입니다."

"어떻게 그리 확신하느냐?"

"이 비단은, 속옷을 만드는 비단이기 때문입니다."

"확실히. 속옷은 모든 이들이 입는 만큼 쓰임이 가장 많지."

황후는 우리가 제출한 비단을 만져 보았고, 미소 지었다.

"무척 부드러워서 입었을 때 불편하지 않겠구나."

"네. 황후마마."

나는 자신 있게 대답했다.

"비록, 화려한 비단에 가려져 보이지 않는 속옷이지만 몸에 직접 닿는 것입니다. 어찌 허투루 할 수 있겠습니까?"

"황실에 납품하는 것이라서가 아니라, 그 이유에서라고?"

"예. 저희 은해상단은 항상 그 값어치에 맞는 최선의 상품을 취급합니다."

내 말이 마음에 드는지 황후는 눈을 빛내며 고개를 끄덕였다.

그렇게 나머지 네 상단의 설명까지 끝났다.

황후가 우리를 보며 말했다.

"설명 잘 들었다. 그럼, 다음 단계로 넘어가도록 하지."

황후는 내관을 보았고, 내관은 우리에게 말했다.

"한 곳씩 저를 따라오십시오. 순서는 오신 순서의 역순으로 하겠습니다."

한 상단씩 내관을 따라갔고, 곧 은해상단의 순서가 되었다.

나와 세 행수는 내관을 따라 옆 건물로 향했다.

응?

그곳에는 수십 개의 탁자 위에 비단이 한 필씩 놓여 있었다.

설마 이거…….

나는 속으로 한숨을 내쉬며 이전 삶의 기억을 떠올렸다.

당시 극악의 난이도로 모든 참가자를 괴롭게 했던 세 번째 주제.

바로, 비단을 보고 그 생산지를 알아맞히는 것이다.

비단은 그 지역 사람들이 그 지역에서 난 누에고치로 만드는 수공품이다.

그렇기에 사천성의 촉금처럼 그 지역의 특징이 나타나는 것은 당연한 것.

하지만 차이가 미세한 경우도 있기에 그 난이도는 극악이라고 할 수 있었다.

이번 주제에서 황실이 요구하는 게 뭔지 알 거 같았다.

이 정도는 할 수 있어야 황실에 비단을 납품할 자격이 된다는 거겠지.

"지금부터 나누어 드리는 답안의 번호에 각각 같은 번호가 붙어 있는 비단의 생산지를 적으십시오."

내관의 말을 들으며 속으로 회심의 미소를 지었다.

왜냐고?

지난 삶에서 은해 포목점을 대성공시켰던 나다.

이 정도쯤이야 눈 감고도 할 수 있지.

그날,

나는 서른 개의 비단 모두를 맞추는 쾌거를 거두었다.

몇몇 문제에서 의견이 갈렸는데, 그때마다 내가 말한 쪽이 정답이었기에 행수들이 나를 보는 눈이 달라졌다.

이전까지는 상단에 도움이 되는 소단주라는 시선이었지만, 그날 이후로 '진짜 상인'을 보는 눈이 된 것이다.

음, 그렇다고 나를 차기 상단주로 지지하겠다고 하면 곤란한데.

차기 상단주 자리는 정호 형의 것이니까.

* * *

황제에게는 황후뿐만 아니라 여러 명의 비빈들도 있었다.

즉, 황자와 황녀들의 수도 많다는 의미.

아무리 황제가 공정하다고 해도 그 애정의 차이는 있을

수밖에 없다.

올해 열여섯 살인 진화 공주는 그중에서도 황제의 총애를 받는 편이었다.

그런 그녀는 이번에 황실 비단 납품 상단 경합에 참관을 하게 되었다.

모든 공주는 이를 참관하라는 황후의 명이 있었기 때문이다.

"귀찮은데. 어마마마도 참……."

볼멘소리를 하며 진화 공주는 경합이 벌어지는 곳으로 향했다.

그리고 한 남자를 보았고, 그에게서 시선을 떼질 못했다.

너무나도 수려한 외모의 청년에게.

그날부터 그녀는 그 외모가 눈앞에 어른거려 좀처럼 잠을 이룰 수 없었다.

당연히 얼굴은 수척해졌고, 황후가 그녀를 염려해 찾아올 정도가 되었다.

"공주, 요즘 근심이 있으십니까? 얼굴이 많이 상해서 이 어미가 가슴이 아픕니다."

"심려를 끼쳐 드려서 송구하옵니다. 어마마마."

"무슨 일 때문에 그러는 것입니까?"

"그것이……."

"말씀해 보십시오."

머뭇거리던 그녀는 결국 빽 하고 고민을 털어놓았다.

"소녀, 혼인하고 싶은 사내가 있사옵니다!"

"네? 갑자기요?"

황후는 당황했지만, 이내 고개를 끄덕였다.

보통 공주들이 스무 살이 되기 전에 혼인하는 것을 생각하면 그리 이른 것도 아니었다.

"그…… 그러하옵니다. 그 사내를 처음 보았을 때부터 마음이 두근거리고 자려고 눈을 감으면 그 사내가 보여서 소녀, 잠을 이룰 수가 없습니다."

황후는 잠시 난감한 표정을 지었지만, 이내 정신을 차리고 차분히 물었다.

"그래서, 그 사내가 누굽니까?"

"그것이……."

그녀는 눈을 질끈 감고 말을 이었다.

"은해상단의 은서호 소단주입니다."

"……."

그녀는 조심스럽게 살짝 눈을 떠서 어머니를 살폈다.

분명히 어찌 일국의 공주가 상인이라는 천한 신분의 사내를 마음에 품을 수 있느냐는 호통이 날아올 줄 알았는데, 그러지 않았으니까.

황후는 그저 쓴웃음을 짓고 있을 뿐.

"왜 그러시옵니까?"

"꼭 그 사내여야만 되겠습니까?"

"네."

뭔가 될 것 같다는 기대감에 진화 공주가 다급히 말을

이었다.

"소녀, 이 나라의 공주로 태어난 이상 혼사 역시 나라에 도움이 되어야 한다는 건 알고 있습니다. 하지만 제가 원하지 않는 혼인으로 불행해진다면 그걸 지켜보는 아바마마의 마음이 편치 않으실 테고 그건 결국 나라에 도움이 되지 않는다고 생각합니다."

"왜 하필 그자를 마음에 품은 겁니까?"

공주는 당황했다.

자신의 생각과는 전혀 다른 의문이었으니까.

"저, 어마마마. 혹시 그 사내에게 무슨 문제라도 있는 겁니까?"

"있죠. 아주 큰 문제가."

황후가 자신의 지아비인 황제의 일거수일투족에 관심을 기울이는 건 당연한 일.

그렇기에 알게 되었다.

황제가 은서호를 자주 부르며, 그 이유가 은서호를 부려 먹기 위해서라는 것을.

즉, 황제가 점찍어 놓은 인재라는 의미다.

부마가 관리가 될 수 없는 것은 아니지만, 여러 가지 문제로 인해 실무직을 맡는 경우는 매우 드물었다.

하지만 황후는 황제의 성격을 너무 잘 알았다.

절대 그런 것에 신경 쓸 사람이 아니라는 것을.

오히려 공주가 자신에게 달려와 야근을 면제해 달라고 하소연하는 상황을 더 골치 아파할 터.

"공주, 이 어미의 말을 잘 들으세요."

"네, 어마마마."

"은서호 소단주는 참으로 능력이 출중한 사내입니다. 그게 문제입니다."

"네? 능력이 좋으면 좋은 거 아닌가요? 그런데 왜……?"

"그는 황제 폐하의 눈에 든 자니까요. 아무튼, 그게 문제입니다."

황후는 이에 대해 자세한 설명은 하지 않았고, 진화 공주는 이 일의 해답이 황제에게 있음을 깨달았다.

진화 공주는 추진력이 있는 이였기에 다음 날, 곧바로 황제를 알현했다.

"그래, 공주가 아침부터 어인 일이냐?"

"네, 아바마마. 소녀 아바마마께 간청드릴 일이 있어 이리 찾아뵈었습니다."

"그래, 말해 보거라."

"소녀, 마음에 품은 사내가 있사옵니다. 그와 혼인할 수 있도록 해 주십시오."

"뭐? 마음에 품은 사내가 있다고?"

황제는 진화 공주의 얼굴을 보며 되물었다.

"누구냐? 그놈이?"

"그게…… 이번 비단 납품 경합에 참가한 은해상단의 은서호 소단주입니다."

"……"

황제는 아무 말 없이 한숨을 내쉬었다. 예상을 벗어나지 않았기 때문이다.

이에 오해한 진화 공주는 얼른 말을 이었다.

"아바마마. 그자는 비록 신분은 천하나 능력 있는 자로서 제 혼사는 그자를 황실에 묶어 놓아 아바마마께 도움이 되…….."

"공주야."

"네, 아바마마."

"솔직히 말해 봐라. 그 녀석의 뭐가 그리 좋으냐?"

"그게……."

"얼굴이지?"

"읏!"

진화 공주는 움찔했다. 사실 그게 가장 큰 이유였기 때문이다.

"이 아비는 네가 마음에 품은 사내가 어떤 신분이든 신경 쓰지 않는다. 네가 행복하면 됐지."

"아바마마……."

진화 공주는 감동한 눈으로 황제를 보았다. 하지만 그 감동도 오래 가지 못했다.

"하지만 네가 은서호 그 녀석과 혼인한다면 너는 행복하지 못할 것이다."

"네? 어찌하여……."

"왜냐하면, 그 녀석은 내가 두고두고 부려 먹을 녀석이라서 말이지. 그 출중한 능력으로 나를 재밌게 하는 놈이기도 하지. 그런 놈은 오래오래 부려 먹어야 이 나라가 평안해진다."

황제는 장난기 가득한 표정으로 말을 이었다.

"야근을 밥 먹듯이 하겠지. 그러면 너는 같은 집에 살면서도 얼굴 볼 일이 거의 없을 터인데 그 얼굴이 잘생긴들 너에게 무슨 소용이겠느냐?"

"아바마마. 그건 너무 가혹한 처사이십니다. 그러다가 대가 끊길 수도 있습니다."

자신이 예상했던 것과 별반 다르지 않은 진화 공주의 말에 황제는 속으로 피식 웃었다.

"하지만, 네가 도와준다면 그 녀석이 너와 보낼 수 있는 시간이 좀 더 길어지겠지."

"네? 제가 도움이 된다고요?"

"그래."

황제는 고개를 끄덕였다.

"그 녀석과 함께 일을 하는 거다. 듣기로 사서삼경 중 서경을 배우고 있다고 들었다. 그 정도 공부를 했으면 할 수 있는 일은 이 황궁에 차고도 넘친단다. 어찌하겠느냐?"

"소녀, 그리하겠습니다."

"우선 정말로 네가 일을 할 수 있는지 시험해 봐야겠지."

황제가 손을 까닥이자 태감은 보따리 하나를 내려놓았다.

쿵-!

그 소리로 미루어 그 무게가 엄청나다는 것을 알 수 있었다.

"내일 아침까지 이것을 다 정리해 오거라."

"네? 내일 아침까지요? 양이 너무 많습니다. 아바마마."

"그 녀석이라면 내일 아침까지 이거의 다섯 배는 해치우겠지."

"……."

"그런데 이것도 많다고 하다니, 각오가 제대로 되어 있지 않구나. 고작 그런 마음가짐으로 그 녀석을 보며 행복할 수 있다고 생각하는 것이냐?"

"아닙니다. 하겠습니다."

진화 공주는 당당하게 대답했다.

그 잘생긴 은서호와 혼인할 수만 있다면 어떠한 고난도 마다하지 않을 생각이었다.

그랬는데…….

다음 날 아침.

진화 공주는 황제를 찾아와 고개를 숙였다.

"아바마마, 소녀의 생각이 짧았습니다."

"응?"

"세상은 넓고 남자는 많다고 생각합니다. 소녀는 은서호 소단주와의 혼인을 포기하겠습니다."

"그래? 잘 생각했다. 그나저나 아쉽게 되었구나. 네가 그자와 혼인한다고 하면 함께 좀 더 많은 일거리를 처리할 수 있을…….”

“아바마마의 시간을 뺏어서 송구합니다. 이만 가 보겠습니다.”

그녀의 다급한 말에 황제가 빙긋 웃으며 말했다.

“그래도 어제 가지고 간 일거리는 마저 마무리해서 태감에게 넘기거라.”

“네. 아바마마.”

진화 공주는 물러나며 한숨을 내쉬었다.

밤을 새워가며 황제가 준 일거리를 처리했음에도 반도 하지 못했다.

그리고 점점 현실을 깨닫기 시작했다.

솔직히 일 자체는 힘들지 않았다.

문제는, 일이 너무 많았을 뿐만 아니라 그게 하루 이틀로 끝나지 않을 것이 훤히 보였기 때문이다.

황제는 “낭군님이 야근이 너무 많아서 이러다가 대가 끊길까 무섭습니다.”라고 하소연하면 “그럼 너도 함께 일하면 되겠구나.”라고 할 사람이다.

그것도 평생!

그렇다.

은서호는 공주 중 하나를 붙잡아 일을 시켜 먹기 위한 일종의 미끼였다.

제법 총명한 진화 공주는 하루 만에 그걸 깨달았고, 은서호에 대한 열망도 순식간에 식어 버린 것이다.

문득, 진화 공주는 그런 아버지의 눈에 든 은서호가 불쌍해졌다.

'아, 경합 동안 나라도 잘해 줘야겠네.'

.

.

.

진화 공주가 나가고, 황제는 태감에게 물었다.

"그래서, 진화 공주가 몇 번째였지?"

"일곱 번째이십니다."

"제일 먼저 달려올 줄 알았더니 일곱 번째라…… 그런데 하루 만에 포기했다니, 제법 눈치가 좋구나."

"그나저나 진화 공주마마의 능력이 참 좋으십니다. 어제 내주신 일거리를 반이나 해 왔습니다."

"그래?"

사실 어제 황제가 진화 공주에게 준 일거리는 보통 대신들이 하루에 처리하는 양의 두 배였다.

"하루 만에 눈치를 채고 포기했어도 진화 공주가 제일 많이 해 왔구나. 덕분에 좀 편해지겠어."

"맞습니다. 그간 밀려 있던 일들 대부분이 처리된 것 같습니다."

"하하하. 고 녀석, 참 좋은 미끼란 말이지."

이번 경합에 공주들이 참관한다는 말을 듣자마자 황제는 은서호가 너무 잘생겼다는 것에 주목했다.

그와 혼인하고 싶다는 공주들이 나올 거라고 확신한 것.

그래서 곧바로 계획을 세웠다.

은서호를 미끼로 해서 공주들에게 자발적으로 일을 시키기로.

사실 공주들이 배울 건 다 배웠음에도 몸가짐을 단정하게 해야 한다는 이유로 얌전히 황궁에 있어야 했다.

황제는 그게 마음에 들지 않았다.

배웠으면 배운 것을 이 나라를 위해 써먹어야 한다는 것이 그의 지론이었으니까.

하지만 공주들에게 공식적으로 일을 시킨다면 고지식한 대신들이 들고 일어날 터.

하여, 은서호를 미끼로 하여 공주들에게 자발적으로 일을 시킴으로 오랫동안 묵혀 두었던 작업을 깔끔하게 끝낸 것이다.

황제는 이 상황이 무척 만족스러웠다.

그러면서 한 번밖에 써먹지 못한다는 것을 아쉬워했다.

한편 태감은 은서호에게 측은함을 느꼈다.

'과연 은서호 소단주가 혼인할 수 있을는지 모르겠군.'

그가 혼인한다면, 그건 그것대로 대단한 일일 터.

* * *

나는 귀를 문질렀다.

"왜 그러십니까요?"

팔갑의 물음에 나는 연신 귀를 문지르며 말했다.

"아니, 귀가 가려워서. 누가 내 이야기 하나?"

"도련님에 대해 이야기할 사람은 쌔고 쌨습니다요."

"그런가?"

우리는 세 번째 단계의 경합까지 마친 후 다시 연준상
단으로 돌아왔다.

그다음 단계는 며칠 뒤에 연락을 줄 거라고 했다.

그 후로 이틀이 지났다.

나는 지금 행수님들과 함께 점심을 먹는 중이다.

"소단주님."

"네, 영 행수님."

"다음 경합 주제에 대해 짐작 가시는 것이라도 있으십
니까?"

물론 짐작 가는 것은 있지만…….

그걸 말할 수는 없지.

"저도 잘 모르겠습니다. 하지만 황실의 일입니다. 아직
뭔지 모르지만, 상단의 능력을 검증하고 확인할 수 있는
그런 주제가 아니겠습니까?"

"그렇겠죠."

그때 연준상단의 하인이 다가와 말했다.

"저, 밖에 손님이 왔습니다."

"손님이요?"

"네. 황궁에서 왔다고 합니다."

그 말에 우리는 즉시 자리에서 일어나 접빈실로 향했
다.

"어서 오십시오. 은해상단 소단주, 은서호입니다."

"황후마마께서 보내셨습니다."

우리가 예를 갖추려 하자, 내관이 우리를 만류했다.

"그러지 않으셔도 됩니다. 저는 그저 비단 납품 경합에 대한 다음 일정에 대해 전달하러 왔을 뿐입니다."

내관은 내게 두루마리 하나를 내밀었고, 나는 그것을 받아 그 자리에서 펼쳤다.

"......!"

나도 모르게 당황한 티를 낼 뻔했다.

내가 알던 그 네 번째 주제가 아니었으니까.

나는 두 눈을 깜박였다.

이게 어떻게 된 일이지?

아니, 첫 번째부터 세 번째까지가 이전이랑 똑같으면 다음 시험도 똑같아야 하는 거 아닌가?

하지만 이번에 전달받은 네 번째 시험은 '비단 고르기'였다.

내가 알던 '비단 구해 오기'가 아니었다.

이전 삶에서는 황실에서 제시한 비단을 가장 빠른 시간 안에 구해 와야 했고, 가장 빨리 구해 온 곳은 백천상단이었다.

아, 설마…….

그때와 이번 경합의 차이가 하나 있다.

고성일이라는 자의 유무.

그렇다면 이전 삶에서는 그가 경합 주제에 대해 관여했

었다는 건가?

이번에는 그가 없어서 주제가 바뀐 거고?

그 이유는 알 수 없지만 상관없다.

어쨌든 백천상단에게 유리한 것은 아니니까.

* * *

그 시각.

백천상단 역시 내관을 통해 시험 주제를 통보받았다.

이번에 백천상단의 대표로 온 이의 이름은 남궁보(南宮步).

남궁강 상단주의 조카이다.

백천상단은 아직 소단주가 없었다. 무림맹 소속의 상단
인 만큼 무림맹의 중진들이 백천상단의 후계를 선출하는
방식이었기 때문이다.

그리고 남궁보는 차기 상단주 후보 중 하나였다.

그에게 있어 이번 황실 비단 납품 경합은 무림맹의 중
진들에게 눈도장을 찍을 엄청난 기회였다.

그렇기에 이번 일을 성공적으로 이끌어야 한다는 강박
감이 있었다.

'수단과 방법을 가리지 않고서라도 성공해야 해!'

그래서 황궁의 사람들을 매수하여 세 번째 단계의 시험
까지 무사히 통과할 수 있었다.

그렇게 알아낸 네 번째 시험의 주제는 '비단 구해 오기'
였다.

또한, 어떤 비단을 구해 오라고 할지도 알고 있기에 그에 맞춰 만반의 준비를 마쳤다.

하지만 내관에게 두루마리를 받아 펼치자, 당황할 수밖에 없었다.

자신이 알고 있던 것과 전혀 다른 주제가 적혀 있었기 때문이다.

'젠장! 그럼 그 수고가 헛되었다는 의미잖아!'

이번에 연줄을 댄 이들이 그리 높은 관리들이 아니었다는 것이 뼈아프게 다가왔다.

그도 그럴 것이, 고위층 인사들에게 연줄을 대려고 했지만, 그들은 '내 모가지 날리려고 그러나?'라고 화를 내며 자신을 물리쳤기 때문이다.

'이 내가! 이 남궁가의 사람이! 고개를 숙였는데!'

그러다 문득 든 생각.

'혹시 내가 황궁의 이들을 매수했다는 사실을, 황후가 알아차린 건가?'

자신이 북경으로 갈 때, 무림맹의 중진 중 한 명인 그의 아버지가 했던 말이 떠올랐다.

"보야, 이번 일에서 가장 조심해야 할 인물은 황후다."

그가 생각해도 이번 일을 어그러트린 자는 황후인 듯했다. 황제가 굳이 이런 일에까지 개입할 리가 없으니까.

어쨌든 이미 상황은 시작됐다.

.
.
.

황궁.

업무를 처리하던 황제가 태감에게 물었다.

"지금쯤 일곱 개의 상단에 이번 주제가 전달되었겠
지?"

"그러하옵니다. 폐하."

그는 피식 웃었다.

'감히 내가 아끼는 녀석이 대표로 참여하는 경합에 먼
지를 날리려 들어?'

평소라면 황후가 알아서 잘할 거라 생각하며, 별 관심
을 두지 않았을 황실 비단 납품 경합.

하지만 그 경합에 참가한 자들 중 하나가 은서호였기에
자연히 관심이 생겼다.

덕분에 알게 되었다.

돈 먼지를 풀풀 풍기는 자들이 있다는 것을.

당연히 이를 그냥 두고 볼 황제가 아니었다.

* * *

드디어 네 번째 단계의 경합 날이 밝았다.

나와 세 행수는 미리 공지받은 대로 황궁 앞으로 향했
다.

"모두 모이셨으면, 황궁으로 들어가겠습니다."

그 앞에서 대기하고 있던 내관을 따라 황궁 문을 넘어 향한 곳은 두 번째와 세 번째 단계의 경합을 진행했던 그 장소였다.

그곳에서 대기하고 있자, 곧 황후와 비빈들과 공주들 그리고 대신들이 당도했다.

우리는 황후에게 예를 갖추었다.

"모두 일어나도 좋다."

그 말에 다들 자리에서 일어났다.

하지만 나는 이상한 느낌을 받았다.

왜 공주들이 나를 보는 눈빛이 이전과 달라졌지?

지난번에는 나를 보며 얼굴을 붉히곤 했었는데, 오늘은 측은한 눈빛으로 보고 있다.

뭐지?

하지만 황후의 말이 시작되자, 그 상념을 지울 수밖에 없었다.

"이번 단계의 경합은 미리 알렸던 것처럼 비단을 고르는 것이다."

그와 동시에 뒤쪽에는 비단들이 수북하게 쌓이기 시작했다.

"앞에 보이는 두 개의 통에는 각각 일부터 이십일까지 번호가 적힌 패가 들어있다. 우리는 나를 제외하면 스물한 명, 상단의 수는 일곱이다."

황후는 말을 이었다.

"우리는 한 개, 상단 쪽은 각각 세 개의 패를 뽑을 것이다. 만약 '갑'이라는 상단에서 뽑은 패가 오, 십이, 이십이라면 황궁 측에서 오, 십이, 이십을 뽑은 세 명이 각각 원하는 비단을 말할 것이다. 상단에서는 각 사람이 원하는 비단을 골라 주면 되는 아주 간단한 규칙이다."

황후가 말했다.

"그럼 먼저, 우리가 번호패를 뽑도록 하지."

황궁 측 이들은 각자 하나씩 패를 뽑았다. 그 사이, 그녀는 설명을 이어 갔다.

"이번 심사의 기준은, 속도와 적합성이다. 빠르게 비단을 골라야 할 뿐만 아니라 원하는 비단을 말한 심사자의 마음에도 들어야 한다는 의미다."

그럼 이번에는 공주들도 참관이 아닌 심사를 한다는 것이겠군.

황후는 몇 가지 사항을 더 설명하고는 말을 마쳤다.

"그럼 상단 측은 번호패를 뽑도록 해라."

상단마다 세 개의 번호패를 뽑았다. 세 개의 번호패를 뽑는다는 건 세 번의 기회를 준다는 의미겠지.

우리가 뽑은 번호는 이, 십, 이십일.

일 번을 뽑은 곳은 다름 아닌 백천상단.

우리를 비롯해 모두가 백천상단을 흥미로운 눈으로 지켜보았다.

그리고 일 번 패를 뽑은 황실 사람은 비빈 중 하나.

"향비(香妃)가 원하는 비단은 어떤 것인가?"

"제가 원하는 것은 이번 황제 폐하의 탄신연에 입고 갈 옷을 지을 비단이에요."

그 말에 백천상단 측 이들은 즉시 뒤에 수북하게 쌓인 비단 중에서 그녀에게 적합한 비단을 고르기 시작했다.

그리고 오래지 않아 비단 한 필을 그녀 앞에 가져다 놓았다.

"저희가 고른 비단은, 이 비단입니다."

그건 진한 붉은색의 비단이었다.

"그 비단을 고른 이유는?"

황후의 물음에 백천상단의 대표로 보이는 자가 한 발 앞으로 나왔다.

내 기억 속에 있는 인물이었다.

남궁보.

남궁강 상단주의 조카다.

이전 삶에서 황실 비단 납품 경합을 성공적으로 이끌며 유력한 차기 상단주로 꼽혔지만, 어느 순간 사라져 버린 인물.

대외적으로는 수련 도중 주화입마에 빠져 요양 중이라고 알려졌지만, 말도 안 되는 소리다.

주화입마도 무공에 대한 욕심이 있어야 생기는 것인데, 무공보다는 가문의 명성을 등에 업고 거들먹거리는 것을 좋아하던 자가 그럴 리가 없지.

분명 몰래 제거당한 것이다. 누가 그랬는지는 모르겠지만.

한 발 앞으로 나온 남궁보가 말했다.

"황제 폐하의 탄신은 홍복이 가득한 날입니다. 그런 날이니만큼 복을 기원하는 붉은색 비단으로 옷을 해 입는 것이 마땅하다고 생각되어 이 색을 골랐습니다. 또한, 비단 중에 최고는 촉금이 아닙니까? 하여 이 비단을 골랐습니다."

그 말에 황후는 일 번 번호패를 뽑은 비에게 물었다.

"향비는 그 비단이 마음에 드는가?"

백천상단이 고른 비단은 모든 이들의 눈을 한눈에 사로잡을 만큼 고급스러웠고, 아름답다는 말이 나올 정도다.

"저런 질 좋은 비단을 단시간 내에 고르다니!"

"역시 백천상단! 허명이 아니군요."

옆에서 다른 상단 인물들끼리 속닥거리는 소리가 들려왔다.

우리 상단 사람들도 비슷한 생각인 듯했다.

"분명 향비마마께서 마음에 들어 하시겠죠."

금 행수의 말에 나는 아무 대꾸도 하지 않았다.

향비가 그 비단을 마음에 들어 할 거라 모두가 예상하고 있었지만, 과연 그럴까?

표정을 읽을 수 없는 황후와 달리 향비는 곤란한 표정이었다.

예상대로다.

"저, 저는…… 이 비단을 거부하겠습니다."

향비의 말에 백천상단은 물론 다른 상단 사람들 모두가

놀라거나 경악한 표정을 지었다.

개중에는 '이거 일부러 엿 먹이는 건가?'라고 생각하는 이들도 있는 듯했다.

그러나 향비가 그 비단을 거부하는 건 너무나 당연하다.

"그렇군."

황후는 담담히 고개를 끄덕이며 말했다.

"백천상단은 이만 들어가라. 다음 이 번 번호패를 뽑은 상단은 앞으로 나오라."

백천상단의 이들은 애써 표정을 관리하며 들어갔고, 나는 다른 행수들과 함께 앞으로 나섰다.

이 번 번호패를 뽑은 이 역시 비빈 중 하나였다.

"영비(榮妃)가 원하는 비단은 어떤 비단인가?"

"네, 황후마마. 저 역시 이번 황제 폐하의 탄신연 때 입을 옷을 지을 비단을 원합니다."

백천상단과 같은 주제. 이게 일이 이렇게 되네.

"은해상단은 비단을 고르라."

"네."

우리는 즉시 비단을 고르기 시작했다.

금 행수가 걱정스럽게 말했다.

"대체 어떤 비단을 골라야 하는 겁니까?"

"그러게요. 저 좋은 촉금도 싫다고 하는데…… 저희도 결국 농락만 당하는 거 아닙니까?"

그 말에 영 행수도 동조했다.

하지만 나는 여유로운 미소를 지었다.

"향비마마께서 그 비단을 거부하신 건 당연합니다. 잘 생각해 보세요. 싫다가 아니라 거부하신다고 했습니다."

"네?"

"그 비단을 거부한 이유가 '붉은색'이기 때문입니다."

두 행수와 달리 석 대행수는 내 말을 알아들은 듯, 빙그레 미소 지었다.

"과연…… 그렇군요."

"아시겠습니까?"

"이거 소단주님이 아니었으면 아주 큰 실수를 할 뻔했습니다."

석 대행수는 나중에 설명해주겠다는 듯, 두 행수를 보며 고개를 끄덕이고는 비단 중 하나를 골랐다.

"이 정도면 괜찮을 듯합니다."

"저 역시 그리 생각합니다."

우리가 고른 비단은 옥색 비단과 보랏빛 나는 비단이다.

우리는 그 비단을 영비 앞에 올려놓았다.

"비단을 두 필을 골랐구나?"

"네, 황후마마. 반드시 한 필을 골라야 한다는 제약을 듣지 못했기 때문입니다."

내 말에 다른 상단 사람들이 놀라는 것이 보였다.

특히 백천상단의 이들이 입술을 살짝 깨무는 것을 보니 무척 안타까운 듯했다.

"맞다. 꼭 한 필의 비단을 골라야 한다는 제약은 없었지. 현명하구나."

"과찬이십니다."

"그럼 그 비단을 고른 이유는?"

"그야 물론 영비마마께 가장 잘 어울리는 색의 비단이기 때문입니다. 영비마마께서는 얼굴이 무척 희셔서 이런 푸른색 계열이 잘 어울리실 거라 생각합니다."

내 말에 영비마마가 물었다.

"색은 마음에 든다. 하지만 탄신연은 겨울이라 추워 보일 듯한데?"

"하얀색 여우 털로 목을 감싸시면 그런 단점은 없어질 겁니다. 그리고 생각해 보십시오. 눈이 오는 가운데 옥색에 보랏빛 옷입니다. 신비롭게 보이지 않겠습니까?"

내 말에 그녀는 만족스럽게 웃으며 고개를 끄덕였다.

"물론 푸른색 계열이 아닌 것을 고를 수도 있었지만, 분홍빛은 공주마마들께서 즐겨 입으시는 색이라고 들었습니다. 그리고 붉은색은……."

나는 씨익 웃으며 말을 이었다.

"황후마마의 색입니다."

내 말에 순간 정적이 내려앉았다.

정말 짧은 시간이었지만 그 시간 동안, 이 공간 안의 사람들이 보여 준 표정은 무척이나 다채로웠다.

그렇다.

방금 백천상단에서 고른 강렬한 붉은색의 촉금은 모든 이들의 마음을 홀릴 만큼 곱고 아름다웠지만, 그건 황실의 큰 행사에서 황후가 입는 옷의 색이다.

황제 폐하의 탄신연과 같은 큰 행사에 백천상단이 고른 것과 같은 붉은색의 옷을 비빈이 입고 나타난다는 건 '황후의 권위'에 '도전'한다는 의미나 다름없다.

그렇기에 향비가 그 비단을 거부한 것이다.

황후의 눈 밖에 나고 싶지 않을 테니까.

물론 이런 건 일반적인 상인들이 알기 쉽지 않은 사실이긴 하다.

그건 황실에서만 통용되는 '암묵적인 무언가'였으니까.

황실의 일에 대해 함부로 나불거리다가 삼족이 멸문할 수도 있었기에 모두 쉬쉬하니 황실 밖의 이들이 그런 것에 대해 알 턱이 없었다.

모두가 붉은색을 좋아하니, 황실의 큰 연회에 당연히 붉은색 옷을 입고 가야 한다고 생각하겠지.

실제로 평소에도 붉은색 옷을 입고 다니는 이들은 많았으니까.

나 역시 붉은색 옷을 좋아했고.

고관대작과 거래하는 상단 역시 그런 건 알기 어려웠다.

생각보다 첨예하게 기 싸움을 하는 귀부인들은 황실 행사에 참석할 때 같은 색의 옷을 입고 가는 일을 막으려고 여러 색의 비단을 주문했다.

또한, 무슨 색 옷을 입고 갈 것인지에 대해서 두루뭉술하게 '붉은색 옷'이라고 대답했으니까.

그 시녀들과 가문의 전속 침모들 역시 입을 굳게 다물었고.

그 귀부인들의 남편들은 부인이 무슨 옷을 입고 가는지 별 관심이 없었으니까.

그러니 비단을 다루는 큰 상단의 상인들이라 해도 거기에 대해 잘 모르는 게 대부분이었다.

나 역시 이전 삶의 경험이 없었다면 몰랐을 테니까.

은해상단이 천하 삼대상단 중 하나가 되었을 즈음, 진승왕(眞昇王)을 도와주며 인연을 맺은 적이 있었다.

그는 자신의 부인을 매우 사랑해서, 부인이 옷을 해 입을 비단을 선물하기 위해 내게 직접 의뢰했었다.

덕분에 이런저런 정보들을 알게 됐지.

나는 포권하며 말을 이었다.

"그런데 어찌 불경하게 붉은색을 고르겠습니까?"

내 말에 영비 역시 고개를 끄덕여 동의했고, 백천상단의 남궁보와 행수들의 얼굴은 사정없이 일그러졌다.

음, 아주 고소하군.

황후가 은은한 미소를 띤 채 물었다.

"황실 행사에 내가 붉은색 옷을 입고 참석한다는 건 어찌 알았느냐?"

이 질문 역시 이미 생각해 놓고 있었다.

"그건, 방금 향비마마께서 알려주셨습니다."

향비는 고개를 갸웃한 반면, 황후는 흥미로운 표정으로 물었다.

"향비가 방금 알려 주었다고?"

"네. 말로 알려 주셨다는 뜻은 아닙니다. 분명, 향비마마께서는 비단을 잠깐이나마 넣 놓고 보셨습니다."

나는 말을 이었다.

"마음에 드신다는 의미죠. 하지만 황후마마를 보시고는 거부하겠다고 하셨습니다. 싫다, 마음에 들지 않는다가 아니라 거부하신다고 하셨죠. 즉, 그 붉은색 비단을 고를 수 없는 상황이라는 의미입니다."

"호오……."

"향비마마께서는 그 비단을 거부함으로 황후마마에 대한 존경을 보이고 싶으신 것이겠지만, 저는 거기서 눈치 챘습니다. 황궁의 큰 행사 때만큼은 붉은색이 황후마마에게만 허용된 색이 아닐까 하고 말입니다."

내 차분한 설명에 황후는 빙그레 웃었다.

"눈썰미가 좋구나."

"그저, 상인의 잔재주일 뿐입니다."

백천상단은 말 그대로 자멸했다.

하필 은해상단이 바로 뒤에서 똑같은 주제로 성공한 탓에 조급해진 것인지, 두 번째 기회에서는 서로 간에 의견 충돌이 벌어졌다.

그게 전조였을까, 세 번째 기회에서는 의견 충돌을 넘어 고성이 오갔다.

짜게 식은 황후와 비빈들의 얼굴을 보아하니, 점수가

높을 것 같지 않았다.

내관이 말했다.

"이상으로 네 번째 단계의 경합을 마치겠습니다. 모두 돌아가 계시면 근시일내에 마지막 경합에 대해 알려 드리도록 하겠습니다."

* * *

일곱 상단의 이들이 돌아가고, 경합이 벌어지던 장소에는 심사를 위한 이들만이 남았다.

그들은 각각 자신에게 비단을 골라 준 상단에게 점수를 매겼다.

최고 점수는 오 점이었고, 한 상단마다 세 번씩의 기회가 있었으니 십오 점이 최고점인 셈이었다.

그들이 적어 낸 점수를 확인한 황후는 고개를 주억거렸다.

자신이 예상했던 대로였으니까.

'결과는 이미 정해졌군. 다섯 번째 단계의 경합은 별 의미가 없을 것 같은데?'

그 정도로 압도적인 차이였다.

이내 한 상단의 이름에서 그녀의 시선이 멈추었고, 표정이 싸늘해졌다.

자신이 주관하는 경합에서 더러운 짓거리를 한 이들이 곱게 보일 리 없었다.

그리고 황후는 뒤끝이 좀 길었다.

* * *

백천상단은 현재 북경의 한 객잔에 머물고 있었다. 정확하게 말하면 객잔 하나를 통째로 빌렸다.

그로 인해 원래 그곳에서 머물던 사람들은 다급하게 짐을 꾸려서 쫓겨나듯 나가야 했지만, 백천상단은 별 신경 쓰지 않았다.

힘 있는 자가 우선시 되는 것이, 무림맹의 산하 상단인 백천상단의 기조였으니까.

그 객잔에서 가장 좋은 방은 당연히 남궁보의 방이다.

"젠장!"

쾅─!

그는 다탁을 거칠게 내리쳤다.

산산이 부서지며 흩어지는 다탁.

이번 네 번째 단계의 경합은 자신이 봐도 엉망으로 망치고 말았다.

그렇다고 자신과 동행했던 행수들에게 뭐라고 할 수도 없는 노릇이다.

다들 무림맹의 중진들과 강철로 만든 밧줄같이 튼튼한 끈으로 연결된 이들이니까.

행수들에게 본래 성격처럼 책임을 전가하거나 쓴소리를 한다면 저들과 연을 맺은 중진들 역시 자신에게서 등을 돌릴 터.

그렇게 되면 백천상단 차기 상단주 자리는 물 건너 가는 것이다.

아직은 때가 아니다.

참고 기다려야 했다.

하지만 남궁보에게는 그 화를 풀 대상이 필요했고, 백천상단에게 망신을 준 은해상단이 그 대상이 되었다.

그리고 하나의 이유가 더 있었다.

"은해상단만 없으면 아직 할 만하다."

네 번째 경합을 망치기는 했지만, 다른 것들의 성적은 좋았으니까.

이번 경합은 반드시 승리해야 한다.

수단과 방법을 가리지 않고서라도.

그의 눈이 번들거렸다.

"추이!"

"네!"

그의 부름에 곧 추이라 불린 사내가 그의 방 안으로 들어왔다.

그리고 산산이 조각난 다탁을 보며 남궁보의 심기가 상당히 좋지 않음을 알 수 있었다.

몸을 사려야 했다.

안 그러면, 자신이 저 다탁처럼 될 수도 있으니까.

"부르셨습니까?"

"궁에 심어 놓은 자들에게서 온 연락은?"

"그게……."

남궁보의 얼굴이 사나워지려고 하자, 그는 다급히 대답했다.

"소식이 끊겼습니다."

"소식이 끊겨?"

"예, 어찌 된 일인지 알아보고 있습니다."

"그렇단 말이지……."

남궁보는 황실에서 눈치를 채고 그들을 처리했다는 것을 직감했다.

그렇다면…….

"추이."

"네, 말씀하십시오."

"은해상단을 강제로 포기시켜야겠다."

"네?"

"말 그대로다. 놈들이 거슬려."

* * *

네 번째 단계의 경합을 마치고, 며칠이 지났다.

아침 운기조식을 마치고 내 처소의 문을 나서자, 팔갑이 나를 보며 고개를 꾸벅 숙였다.

"생신을 축하드립니다요."

"고마워."

오늘은 나의 스무 번째 생일.

즉, 내가 새 삶을 시작한 지 오 년이 지난 것이다.

새삼스럽지만, 진짜 시간 빠르네.

나는 의관을 정제하고 아침을 먹기 위해 식당으로 향했다. 연준상단 역시 가족들이 함께 모여 아침을 먹기 때문이다.

듣기로, 조부님께서 고모가 혼인할 때 고모부에게 내건 조건이었다고 한다.

내가 식당으로 들어가자, 고모부께서 미리 와 계셨다.

"아, 밤새 강녕하셨습니까?"

"그래, 너도 밤새 안녕했느냐?"

"네. 고모부."

"그리고 축하한다. 오늘이 스무 번째 생일이라지?"

"감사합니다."

내가 고개를 숙여 포권하자, 고모부가 웃으며 말씀하셨다.

"네 고모에게 들었다. 그나저나 귀한 기념일인데 가족들과 함께 보내지 못해서 아쉽겠구나."

"상인이 상단 일을 하다 보면 어쩔 수 없는 일도 있다고 생각합니다. 그리고 고모부와 고모님도 제 가족이나 마찬가지입니다."

"그리 말해 주니 기쁘구나."

이건 진심이다.

북경에 자주 오다 보니 진짜 가족들만큼 친근하게 느끼고 있으니까.

"그러고 보니 요즘 상단이 점점 번창하고 있는 것 같습니다."

"전에 네가 도와준 덕분에 그 이후로 잘 되고 있단다. 이번에 새로운 거래도 텄고."

"감축드립니다."

"모두 네 덕분이다."

"아닙니다. 고모부께서 능력이 있으셔서 그런 성과를 내실 수 있는 것이죠."

고모부는 허허 웃었다.

"녀석, 말이라도 고맙구나. 그나저나 이번 경합도 마지막 단계만을 앞두고 있다지?"

어제 내관이 방문하여 다섯 번째 단계의 경합에 대해 알려 주었다.

그 마지막 경합 날이 바로 내일이다.

"그래, 너라면 마지막까지 잘해 낼 게다. 꼭 성공하기를 기원하마."

"감사합니다."

곧 고모와 선미, 선일 형님도 식당에 도착했고 다들 진심으로 내 생일을 축하해 주었다.

"서호야."

"네, 고모님."

"다들 바쁘겠지만, 오늘이 네 스무 번째 생일이잖니. 그냥 넘어가기에는 좀 아쉬워서 저녁에 연회라도 열까 한단다."

"연회요?"

"그래, 연회라고 해도 그리 거창한 건 아니고, 우리끼리 맛있는 거 먹고 놀자는 거지."

"하지만, 모두 바쁘실 텐데……."

"아무리 바빠도 그 정도 시간은 뺄 수 있다."

"맞아요. 오라버니."

사촌들까지 그리 나오니, 더 이상 겸양의 말을 할 수 없었다.

"정말 감사합니다. 저녁 연회를 즐겁게 기다리겠습니다."

.

.

.

나는 연준상단의 후원을 천천히 거닐고 있었다.

네 번째 단계의 시험이 내 예상과 달랐으니, 다섯 번째 단계의 시험 역시 어떤 주제로 나올지 알 수 없었다.

그래서 마음 편히 쉬려고 했지만, 무언가 불길한 느낌이 들었다.

뭔가 생일 때마다 기분이 썩 좋지가 않네.

내가 죽은 날이 생일날이어서 그런가?

무림맹과 백천상단에 대한 복수를 끝내면 좀 괜찮아지려나.

하지만 오늘따라 더 느낌이 좋지가 않다.

그때 연준상단의 하인이 나에게 다가왔다.

"저, 소단주님. 서신이 왔습니다."

"네? 서신이요?"

"예, 어떤 아이가 이걸 전해 달라고 했답니다."

그 말에 나는 갸웃하며 그 서신을 받으려고 했으나.

"도련님! 위험합니다요! 독이라도 발라져 있으면 어쩌려고 그러십니까요?"

팔갑이 끼어들어 서신을 먼저 받았다.

"응?"

틀린 말은 아니지만, 만약 그렇다면 서신을 가져온 하인이 멀쩡할 리가 없다.

하지만 팔갑의 표정이 진지해 보여서 딴지를 걸지 않고 조용히 기다렸다.

팔갑이 먼저 서신을 받아 뭔가 이상한 게 없는지 살살이 살핀 후 나에게 내밀었다.

"그런데 평소에는 안 그러더니, 왜 그래?"

"뭔가 서신이 불길하게 느껴져서 그렇습니다요."

"......!"

그 말에 나는 순간 가슴이 덜컥 내려앉는 듯한 느낌이 들었다.

내가 죽은 서른아홉 살의 생일날.

그때 진호 형이 나에게 보냈던 서신을 아직도 기억하고 있다.

내 생일상을 차려놓고 기다리고 있다는 내용의 서신.

그 서신을 받았을 때도 팔갑은 그 서신을 먼저 받아 살살이 살폈었다.

왜 그러냐는 물음에 팔갑은 고개를 갸웃하며 말했다.

"그게, 서신이 좀 불길해서 말입니다요."

그때 팔갑의 말을 흘려 넘기지 않았다면, 상황이 달라졌을까?

"도련님? 왜 그러십니까요?"

"아, 아니야."

나는 얼른 고개를 저어 상념을 떨쳐냈고, 서신을 펼쳤다.

"……."

제기랄.

[은해상단의 금숙 행수를 납치했다. 금숙 행수를 구하고 싶다면 은해상단의 은서호 소단주가 혼자서 전표가 아닌 은자로 천 냥을 가지고 오늘 밤, 아래의 장소로 오도록. 관에 신고하거나 무사들과 함께 온다면 금숙 행수와 일행의 목숨은 없다]

"후우……."

나는 차분하게 몇 번 심호흡을 했다.

그러자 정신이 맑아졌다.

이전 삶에서 이런 납치나 협박 사건을 겪은 게 한두 번이 아니다.

고작 이런 것으로 당황해서는 안 되지.

나는 즉시 팔갑에게 말했다.

"금숙 행수의 행방을 알아봐 줘. 지금 당장."

"네! 알겠습니다요!"

오늘따라 불안했던 이유, 그리고 팔갑이 유난을 떨었던 이유도 뭔지 알 것 같았다.

그건 이 서신을 보낸 자 때문이겠지.

백천상단이다.

내 감이 그리 말하고 있을 뿐만 아니라, 내 이성 역시 그리 결론을 내렸다.

이렇게 나를 목표로 노릴 만한 곳은 한 곳뿐이니까.

단순히 돈이 목적이라면 저런 식으로 편지를 보내지도 않았을 터.

나 혼자 오라고 하는 것, 그리고 은자 천 냥을 직접 가지고 오라는 것.

이 두 가지만 봐도 목적이 뻔하다.

은자를 가지고 오느라 지친 나를 납치하든지, 혹은 죽이든지 하겠지.

은자 천 냥은 제법 무거우니까.

그렇게 되면 은해상단은 경합에서 탈락할 수밖에 없다.

대표가 실종 혹은 피살된 상황에서 경합을 이어 나갈 수는 없을 테니까.

그나저나 정말 일처리가 허술하네.

나라면 이런 식으로 일을 처리하지 않을 텐데.

물론 이런 치졸한 수를 쓸 생각도 없지만.

처소로 돌아와 생각을 정리하고 있자, 팔갑이 들어와 보고했다.

"금숙 행수님께서는 아까 오전에 출타했다고 합니다요."

"호위는?"

"은풍대원 한 명을 대동했다고 합니다요."

"평소에는 안에만 계시더니⋯⋯."

"그게, 도련님의 생신 선물을 사러 나가셨다고 합니다요."

"아⋯⋯."

내 생일 선물을 사러 나갔다는 말에 기분이 묘했다.

내게 날을 세우던 사람이었기에 선물을 챙겨 줄 거라고는 생각도 못 했는데⋯⋯.

뭐, 지금은 이게 중요한 게 아니다.

금숙 행수는 우리 상단에서도 꽤 필요한 인재다.

정호 형의 든든한 지지자이기도 했고.

무엇보다 우리 은해상단의 식구이니, 당연히 구해야지.

그렇다고 내가 이 서신대로 은자 천 냥을 가지고 갈 생각은 없다.

그 새끼들에게 내 피 같은 돈을 줄 생각도 없을뿐더러, 자고로 이런 건 허를 찔러 줘야 되는 법이다.

나는 내 소매를 툭 치며 금령을 불렀다.

"금령아, 나와 봐."

"꾸이?"

"지금 금숙 행수가 어디 잡혀 있거든. 어디에 있는지 혹시 알 수 있을까?"

내 물음에 금령은 바닥으로 폴짝 내려서더니, 꼬리로 이리저리 설명했다.

"음, 그러니까 금숙 행수가 쓰던 물건이 있어야 한다고?"

"꾸이!"

나는 즉시 금숙 행수의 물건 중 하나를 가지고 오라고 했다.

"꾸이! 꾸이. 꾸!"

그리고 금령은 뭔가를 말했고, 나는 꼬리 설명이 없었어도 뭐라고 하는지 알 것 같았다.

"수고비로 은자를 달라고?"

"꾸이!"

그래, 그 정도는 줄 수 있지.

나는 금령에게 은자를 내밀었고, 금령은 넙죽 은자를 받아 삼켰다.

그때 팔갑이 금숙 행수의 물건을 가지고 왔다.

쿵쿵.

금령은 그 냄새를 맡더니 그 자리에서 빙글빙글 세 바퀴를 돌았다.

그리고 곧 서쪽을 바라보더니 튀어 나갔다.

약 일각 후, 금령이 다시 돌아와 내 바지 끝을 물고 끌었다.

"따라오라는 거지?"

"꾸이!"

녀석을 따라 서둘러 움직이려고 할 때, 나를 감시하는 시선을 느꼈다.

그렇다면 그걸 이용해 주는 것이 인지상정이지.

팔갑과 여응암 무사, 그리고 이필 무사에게 전음을 보냈다.

내가 처소 안에 있는 것처럼 행동하라고.

그리고 서우 무사와 진유 무사만 데리고 창문을 통해 몰래 빠져나갔다.

금령을 따라 한 식경 정도 걸어 도착한 곳은 조용하고 허름한 집이었다.

군데군데 허물어진 것을 보니 버려진 집인 듯했다.

그 허물어진 틈 사이로 기둥에 묶여 있는 금 행수와 은 풍대 무사의 모습이 보였다.

다행이다. 아직 살아 있었다.

그나저나, 남궁보 이 새끼. 갈 데까지 갔네?

주변을 지키고 있는 자들은 다름 아닌 흑도 놈들이었다.

무림맹을 대표하는 상단의 혈족이 흑도를 고용하다니.

이런 짓을 하면서도 끝까지 자신의 손은 더럽히지 않겠다는 거군.

"다들 아까 말한 작전 숙지하셨죠?"

"물론입니다."

"그럼 가죠."

감히 내 생일날 이런 짓을 저질러?

다 죽었어!

우리는 기척을 죽이고 최대한 가까이 다가갔다.

이번 작전을 한 문장으로 설명하면, '납치 같은 건 없었다'이다.

처음에는 황제의 도움을 받을까 생각도 했었지만, 이내 포기했다.

명확한 증거 없이 그랬다가는 괜히 소란스러워지기만 하고, 황제의 신임을 잃을 수도 있으니까.

어쩌면 황실 비단 납품 경합이 중단되거나 취소될 수도 있다.

우리 은해상단이 앞서고 있는데 그건 안 되지.

내가 북경에 온 이유는 정호 형을 대신하여 이번 경합을 성공으로 이끌기 위해서다.

앞날을 위해서도 은해상단이 경합에서 승리해야 했다.

그러니 경합은 계속 이어져야 한다.

물론 이번에 그냥 넘어가겠다는 의미는 아니다.

어떻게 넘어가겠는가? 무려 내 생일날, 이 짓거리를 했는데.

남궁보가 경합에 실패하는 쓰디쓴 찻잔을 들이켠 후에

반드시 그 대가를 치르게 할 거다.

우리는 들키지 않고 최대한 가까이 다가가 놈들의 동향을 살폈다.

그때 납치범 중 하나가 금숙 행수의 상태를 살피려는 듯, 문을 열었다.

잠시 모두의 집중력이 흐트러진 이때가 기회다.

- 지금입니다!

서우 무사와 진유 무사가 동시에 튀어나갔고, 나도 그 뒤를 따랐다.

"누, 누……."

"커헉!"

우리는 손속에 사정을 두지 않았다.

이들은 납치범이었고, 그게 아니더라도 흑도다.

백도 정파의 무공을 익히지 않는다고 무조건 흑도가 아니다.

온갖 나쁜 짓을 저지르기에 흑도인 것이다.

그렇기에 이들을 베어 버리는 것에 거부감이 전혀 없었다.

또한, 이곳 납치범들의 입을 막아 버려야 내 계획이 완성된다.

우리 손을 더럽히고 싶지 않았지만, 이번 일은 어쩔 수 없었다.

납치범들의 실력이 낮아서인지, 아니면 우리 실력이 높아서인지 순식간에 정리가 끝났다.

나는 검의 피를 닦으려고 했지만, 그럴 필요가 없었다.

은무검에는 한 방울의 피도 묻어 있지 않았기 때문이다.

진짜 좋은 검이네.

문을 열고 방으로 들어가자, 그곳의 기둥에 묶여 있는 금숙 행수와 은풍대의 무사가 보였다.

"모두 무사하십니까?"

"……!"

나를 본 두 사람은 깜짝 놀라 눈을 휘둥그레 떴다.

이내 서우 무사가 다가가 그들의 입에 물린 재갈을 풀어 주었다.

"소, 소단주님?"

"소단주님!"

"구하러 왔습니다."

내 말에 그들의 눈시울이 붉어졌다. 이게 그리 감동할 일인가?

음…….

감동할 일이 맞긴 하네.

서우 무사가 그들의 사지를 묶은 밧줄까지 잘라 주자, 그들은 자유의 몸이 되었다.

"고생 많으셨습니다."

"죄송합니다. 소단주님."

"행수님을 제대로 지키지 못한 죄를 청합니다."

그들의 말에 나는 고개를 저었다.

"상대가 상대인 만큼 어쩔 수 없었을 거예요. 그리고 제가 오히려 죄송하죠. 흉수는 저를 노리고 있었거든요.

저 때문에 이런 고초를 당하게 되신 듯해 죄송합니다."

"그런 말씀 마십시오. 소단주님께서 은해상단의 사람이듯, 저 역시 은해상단의 사람입니다."

금숙 행수의 말에 나는 속으로 피식 웃었다.

내게 날을 세우던 사람에게서 그런 이야기를 들으니, 뭔가 세상일은 재밌다는 생각이 들었다.

"자세한 이야기는 나중에 듣겠습니다."

두 무사들이 한 사람씩 부축한 채, 방에서 나왔다.

다행히 팔다리가 멀쩡했기에 곧 스스로 걸을 수 있게 되었다.

우리는 서둘러 그곳을 정리했다.

시체를 그 집에 던져 넣고, 핏자국과 우리의 발자국을 지웠다.

그리고 나는 미리 준비해 온 기름을 골고루 뿌리고는 화섭자로 불을 댕겼다.

화르륵-!

순식간에 불이 붙으며 집을 집어삼켰다.

"이제 돌아가죠."

두 사람을 구해 내기는 했지만, 이대로 연준상단으로 바로 들어가서는 안 된다.

나는 지금 집 안에 있는 것이어야 하니까.

"지금부터 제 말을 잘 들어 주십시오."

금 행수와 무사에게 어찌 행동해야 하는지를 알려 주고, 진유 무사에게 그들을 은밀히 지켜 달라고 했다.

"그럼, 이따 뵙겠습니다."

"네."

나는 재빨리 담을 넘어 연준상단 안으로 들어갔다. 무흔보법 덕분에 그 누구에게도 들키지 않고 내 방에 들어갈 수 있었다.

"후우……."

그리고 다시 옷을 갈아입고는 걱정스러운 표정을 지으며 문을 열었다.

"아직 금 행수는 돌아오지 않은 거야?"

"아! 도련님!"

팔갑이 나에게 눈으로 물었다.

일은 잘된 거냐고?

나는 옅은 미소를 지으며 고개를 끄덕이며 겉으로는 잔뜩 걱정하는 연기를 했다.

"금 행수가 진짜 납치당한 건가? 어쩌면 좋지?"

눈치 빠른 팔갑은 안도하면서도 나를 열심히 진정시키는 척했다.

그때였다.

"어? 소단주님. 왜 나와 계십니까?"

내가 있는 처소 쪽으로 금 행수가 다가왔다.

"어? 금 행수? 납치당한 거 아니었습니까?"

"납치라니요?"

"아까 어떤 사람이 이 서신을 주고 갔거든요."

나는 그 서신을 보여 주었고, 그걸 읽은 금 행수는 부들부들 떨었다.

이건 연기가 아니었다.

"이, 이런! 개 같은 새끼들!"

"아무래도 누가 장난을 친 듯합니다."

"그래도 금 행수가 무사히 돌아와서 정말 다행입니다."

그날 저녁.

고모님이 말씀하신 대로 내 스무 번째 생일을 축하하는
연회가 열렸다.

"축하한다."

"축하해."

고모부와 고모님이 나를 축하하며 선물을 안겨 주었다.

"험험, 축하한다."

"축하해요. 오라버니."

이어서 선일 형님과 선미도 나를 축하해 주었다.

백천상단의 농간에 놀아나지 않고, 무사히 금숙 행수를
구했다는 것 때문일까?

이번 생일 연회는 이전 삶에서의 스무 살 생일보다 행
복하고 즐거웠다.

* * *

다음 날 아침.

언제나처럼 운기조식을 마치고 방을 나서자, 팔갑이 나

를 맞았다.

"나오셨습니까요?"

"응."

오늘은 황실 비단 납품 경합의 마지막 단계를 치르는
날이다.

내관이 전해 준 서류에 따라 모두의 응원을 받으며 행
수들과 함께 황궁으로 향했다.

우리가 황궁에 도착했을 때, 이미 몇몇 상단들이 도착
해 있었다.

"은해상단입니다."

내 말에 내관이 들고 있던 종이에 점을 찍었다.

나와 일행은 잠시 황궁 앞에서 기다렸다. 그때 저 멀리
서 반가운 이들이 다가왔다.

백천상단의 이들이다.

그들이 왜 반갑냐고? 당연히 반갑지.

의기양양한 남궁보의 얼굴이 당황으로 물드는 것을 볼
수 있을 테니까.

"……!"

백천상단의 남궁보가 황궁 문 쪽으로 다가오다가 순간
걸음을 멈추었다.

그리고 우리를 보더니 이내 당혹스러운 표정을 지었
다. 손이 덜덜 떨리는 것을 보니 지금 자신이 보는 현실
을 인정하고 싶지 않은 듯했다.

약속한 시간이 되자, 내관이 말했다.

"그럼 황궁으로 들어가겠습니다."

내관을 따라 도착한 장소는 익숙한 곳이었다.

세 번째와 네 번째 경합을 펼쳤던 장소였으니까.

잠시 대기하고 있을 때 내관이 황후와 비빈들, 그리고 공주들과 대신들이 오고 있음을 알렸다.

우리는 예를 갖추었다.

"모두 일어나도 좋다."

황후가 우리를 보며 부드럽게 말했다.

"오늘이 마지막 경합이구나. 모두 최선을 다하는 모습을 보여 나를 비롯한 심사자들을 실망하게 하지 않았으면 한다."

황후가 시선을 옮기자, 내관들이 앞에 다섯 개의 탁자를 가져다 놓았고, 그 위에 각각 하나씩 총 다섯 개의 상자를 올려놓았다.

음?

이 상자들…… 어딘가 익숙한데?

나는 재빨리 눈으로 상자를 살폈고, 이내 그 상자의 용도가 무엇인지 알아차렸다.

이건 비단을 담는 상자다.

비단은 습기에 약했기에 통풍이 잘되면서도 습기가 침투하지 못하도록 특수한 상자를 사용했기 때문이다.

그럼 이 안에 비단이 담겨 있다는 의미인데?

주변을 살펴보자, 다른 상단들도 눈치를 챈 듯 긴장하

는 모습이 보였다.

"이번 다섯 번째 경합은, 적절한 가격 선정이다."

"......?"

"모두 짐작했듯이 각 상자에는 비단이 한 필씩 들어 있
다. 총 다섯 필이지. 지금부터 반 시진을 주겠다. 상자 안
의 비단을 살피고 각각 얼마에 납품할 수 있는지 가격을
적어서 제출하는 것이 이번 경합이다."

이번에는 경합 주제를 미리 알려 주지 않은 이유가 있
었다.

미리 알려 주었다면 상단에서는 미리 준비해 왔을 것이
고, 그러면 진짜 역량을 볼 수 없었겠지.

그나저나 이번에도 내 이전 삶과 다르네.

이전 삶에서의 마지막 경합은 각각의 비단의 특징에 대
해 말하는 것이었는데.

그 경합에서 백천상단의 민 행수가 활약을 했었다고 그
랬지.

그런 생각을 하며 남궁보의 옆에 서 있는 행수들을 보
았다.

턱에 점이 있는 중년의 사내가 바로 민 행수였다.

백천상단에 있기는 아까운 인재.

그때 황후가 말했다.

"이번 심사의 기준은 적절한 가격이다. 그러면 상자를
열어라."

황후의 말에 내관들은 상자를 열었고 그 앞에 번호가

적힌 나무판을 놓았다.

"그럼 시작하라."

황후의 말에 다른 내관이 시간을 재기 위한 향에 불을 붙였다.

상단 사람들은 탁자로 몰려들었고, 우리 역시 탁자로 다가갔다.

그리고 천천히 비단을 살피기 시작했다.

그때 한 상단의 대표가 손을 들고 말했다.

"이의가 있습니다."

"무엇인가?"

"이 다섯 필의 비단 중 세 필이 촉금입니다. 그러면 촉금을 전문적으로 다루는 저 사천의 상단이 유리한 것이 아닙니까?"

황후가 다른 상단 사람들을 보며 물었다.

"그대들도 그렇게 생각하나?"

"그……."

우리 상단의 영 행수가 나서려는 것을 내가 제지했다.

영 행수는 의아한 표정을 지으면서도 순순히 물러났다.

"할 말이 많은 표정들이군. 그런데, 자네들은 내가 그것도 감안하지 않고 이런 문제를 제시했다고 생각하나?"

"……송구합니다."

황후에게서 자연스레 뿜어져 나오는 위압감에 그 상단의 대표는 깨갱 하고 물러났다.

그럴 줄 알았지.

나는 다시 비단을 살폈다.

그리고 우리는 각자에게 배정된 탁자로 향했고, 의논을 시작하였다.

어느 정도 거리가 있었기에 작은 목소리로 의논하면 다른 이들에게 들리지는 않을 것이다.

"아까 소단주님께서 말려서 물러났습니다만, 이건 불공평합니다. 어떻게 다섯 필 중 세 필이나 촉금입니까?"

영 행수가 그제야 입을 열어 불평을 토해냈다.

아직도 이해를 못했군.

나는 여유로운 미소를 지으며 그에게 설명했다.

"영 행수님, 이건 그렇게 보실 게 아닙니다."

"그게 무슨 말씀이십니까?"

"영 행수님께서도 비단 전문이시니 사천성에도 비단을 거래하러 다녀와 보신 적이 많을 겁니다."

"물론입니다. 족히 열 번은 넘지요."

"그때 사천성에서 비단을 가지고 올 때 비용이 얼마나 드셨습니까?"

"상당히 많이 들었죠. 사천은 외부로 통하는 길이 험하니까요."

"맞습니다. 하지만 촉금은 그 자체로 상단에 큰 이득을 가져다줍니다. 그래서 다른 지역에서 촉금을 구하기 위해 험한 길을 무릅쓰고 사천성으로 들어갑니다."

나는 씩 웃었다.

"그래서 사천성의 비단 상인들은 굳이 비단을 팔기 위

해 사천성에서 나갈 필요가 없죠."

"아!"

"그렇게 사천성에서 비단을 중개하는 것에 집중하는
이들이 운송 과정이나 비용에 대해 잘 알 수 있을까요?"

나는 미소 지으며 대답했다.

"황후마마께서는 말씀하셨습니다. 적절한 가격을 적어
내라고요. 그게 무슨 의미일까요?"

석 대행수는 빙그레 웃었다.

"셋째 소단주님의 혜안이 놀랍습니다."

역시 석 대행수님이다.

"시간을 반 시진이나 준 것은 이유가 있는 법이지요."

"그렇습니다. 비단을 잘 보호해서 운송하는 비용까지
고려해서 적절한 가격을 제시하라는 겁니다."

나는 힐끔 황후를 보며 말했다.

"황실은 아마 대략적인 비용을 알고 있을 겁니다. 당연
히 최대한 싸게 가져오는 게 좋겠지만, 너무 얼토당토않
은 금액이라면 오히려 역효과가 날 겁니다."

내 말에 금 행수와 영 행수가 감탄했다.

"그렇군요! 역시 소단주님이십니다."

"소단주님이 아니었다면 제가 큰 실수를 할 뻔했습니
다."

나는 살짝 미소를 지어 보이며 말했다.

"그럼 한 번 계산해 볼까요?"

* * *

한편, 남궁보는 심기가 무척 좋지 않았다.

분명 이 자리에 오지 못할 거라고 생각했던 은서호가 떡하니 자리하고 있었기 때문이다.

게다가 납치당했어야 하는 금숙 행수 역시 은서호 옆에 서 있었다.

'어떻게 이런 일이? 이럴 리가 없는데?'

금숙 행수를 납치하여 은서호를 끌어들여 제거한다는 계획은 남궁보가 직접 세운 게 맞다.

하지만 자신이 직접 손을 쓸 수는 없었다.

자신처럼 고귀한 가문의 사람이 어떻게 직접 그런 짓을 한단 말인가?

그래서 그런 짓을 할 만한 이들을 고용했다.

그리고 선금으로 은자 열 냥을 주고, 은서호가 가지고 올 은자 천 냥을 의뢰 완수금으로 가져가라고 했다.

어차피 상단 사람이니 무공 수준도 보잘것없을 터.

놈들 정도라면 알아서 은서호를 처리하고 그 돈을 꿀꺽했을 거라 예상했다.

그런데…….

'대체 그들을 어떻게 구워삶은 것이냐?'

남궁보는 은서호가 그 납치범들을 모조리 처리하고 금숙 행수를 구출했음은 생각도 하지 못했다.

단지, 그들을 구슬려서 무사히 탈출한 것이라고 생각했다.

'젠장! 이러면 계획이 어그러지는데.'

남궁보가 속으로 분을 삭이는 사이, 행수들은 머리를 맞대고 적절한 가격을 논의하고 있었다.

"……이렇게 운송 비용까지 고려한다면 이 촉금은 은자 열다섯 냥은 받아야 할 듯합니다."

"저도 그 정도는 받아야 할 것 같습니다."

그들은 그렇게 논의한 가격을 적고, 다음 비단으로 넘어갔다.

스윽,

그때 남궁보가 붓을 들었고 그 밑에 다른 가격을 적기 시작했다.

그런데, 그 가격이 터무니없이 쌌다.

열다섯 냥이라고 적은 건 일곱 냥으로, 스무 냥이라고 적은 건 열 냥으로.

거의 절반의 가격을 적는 남궁보를 보며 다른 행수들이 기겁했다.

"남궁 후보님, 이게 무슨 짓입니까?"

"너무 터무니없는 가격입니다!"

그들의 항의에 남궁보가 진지하게 말했다.

"저, 이번 경합에서 반드시 이겨야 합니다. 도와주십시오."

"우리가 언제 돕지 않은 적이 있소?"

"물론 감사하고 있습니다. 하지만 이번 한 번만 저를 믿어 주십시오."

"하지만 너무 싸게 쓰는 것 같은데……."

"괜찮습니다. 황실에서도 싼 가격을 제시하면 싫어할 리가 없습니다."

남궁보는 조금 더 목소리를 낮추며 말을 이었다.

"그리고 다른 상단들 중에는 지금 적으신 것보다 적은 금액을 적은 곳도 있습니다."

무공을 익힌 남궁보였기에, 다른 곳이 의논하는 소리가 들렸다.

은해상단 쪽의 이야기도 엿듣고 싶었는데, 왠지 소리가 잘 들리지 않았다.

남궁보는 행수들에게 말했다.

"그러니 저희는 그것보다 싼 가격을 제시해야 한다고 생각합니다."

"……."

"납품 경합이라는 건 어쨌든 싼 가격을 제시해야 이기는 거 아닙니까?"

"그건 그렇습니다만……."

"제가 모두 책임지겠습니다."

남궁보가 그렇게까지 말하니 행수들로서는 어쩔 수가 없었다. 이러니저러니 해도 그는 상단주의 혈족이며 이번 경합의 대표자였으니까.

그리고 만약 이번 경합에서 실패한다고 해도 남궁보가

그리 말한 이상, 그 책임은 그에게 있는 것이다.

"알겠습니다."

* * *

시간이 되었다.

"이제, 제출하도록 해라."

그 말에 우리는 내관에게 가격을 적은 종이를 제출하였다.

황후는 그것을 벽에 붙여 놓도록 했다.

덕분에 각 상단이 얼마를 제시했는지 모두 볼 수 있었다.

음, 최고로 싸게 적은 곳이…… 백천상단이군.

나는 힐끔 백천상단을 보았다. 남궁보의 얼굴이 의기양양한 것이 승리를 짐작한 듯 보였다.

과연 그럴까?

황후가 그렇게 단순한 사람이 아닌데 말이지.

적절한 가격이라는 의미를 모르나?

그 다음으로 싼 가격을 제시한 곳은 사천성의 상단이었다.

우리 은해상단은 네 번째로 싼 가격을 제시하였다. 하지만 나는 그 가격 이하로는 납품할 생각이 없었다.

나는 상인이기 때문이다.

"음……."

황후는 적어 낸 가격들을 살펴보고는 내관을 불렀다.

"유 내관."

"네, 황후마마."

"우리가 미리 산출했던 가격이 얼마였지?"

내관이 그 금액을 말하자, 황후는 고개를 끄덕이며 선언했다.

"총합이 그 아래인 건 전부 최하점이다."

"네."

그 말에 내관은 붉은색으로 세 개의 가격 제시안에 선을 쭉쭉 그었다.

하지만 우리 은해상단이 제시한 가격은 그 위였기에 최하점을 면할 수 있었다.

남궁보가 손을 들고 말했다.

"이의 있습니다."

"그래, 말해 보라."

"상단이 싼 가격을 제시하면 황궁에서는 이득 아닙니까? 그런데 어찌하여 싼 가격을 제시하였다고 최하점을 주는 겁니까?"

그 물음에 황후는 알 듯 말 듯한 미소를 지었다.

"자네는 상인 아닌가?"

"상인…… 입니다."

"상인은 이윤을 추구하는 존재들이지. 그런 자들이 이렇게 싼 가격을 제시한다? 말이 안 되지! 납품하면 할수록 적자일 텐데."

그렇다.

아무리 황실 비단 납품이 큰 거래라고 하더라도 납품을 할수록 적자가 난다면 굳이 할 이유가 없다.

"……."

"그럼 상단에서는 두 가지 방법을 생각할 수밖에 없지. 하나는 비단의 질을 떨어트리는 것. 또 다른 하나는 다른 것으로 적자를 메우는 것."

황후는 싸늘하게 웃었다.

"예를 들면, 황궁의 정보를 팔거나 하는 것 말이지. 자네들은 안 그러리라 생각하나? 상인들에게 가장 견디기 힘든 것이 손해를 보는 일인데?"

"……."

"어느 쪽이든 간에 모두 황실을 기만하는 일이지."

나는 속으로 적잖게 놀랐다.

와, 황후마마 최고다.

이렇게 정확하게 꿰뚫고 있다니!

왜 이전 삶에서 황후가 독살당했는지 알 것 같았다. 이런 사람이니 무림맹에게 방해가 되었던 거겠지.

황후는 우리 은해상단이 적어 낸 종이를 손으로 두들기며 말했다.

"은해상단은, 정말 최소한의 이윤만을 챙기는군. 이거 애매하단 말이지."

그 말에 내 머릿속에 경종이 울렸다.

이거 까딱하면 탈락이다.

나는 얼른 앞으로 한 발자국 나가며 말했다.

"소상, 한마디 아뢰어도 되겠습니까?"

"허락한다."

"황후마마께서 말씀하셨듯이, 소상 역시 이윤을 추구하는 상인이옵니다. 그리고 저희 상단이 제시한 가격은 황후마마가 염려하시는 것처럼 최소한의 이윤은 아니옵니다."

"최소한의 이윤이 아니다?"

"그렇습니다. 황후마마께서는 운송비에 비단을 구매하기 위한 운송비도 계산하셨지만, 저희 은해상단은 그리하지 않았습니다."

"자세히 설명하라."

나는 황후에게 내 이전 삶에서 내가 은해포목점을 크게 성장시킨 방법에 관해 설명했다.

"……이렇게 질 좋은 비단을 좋은 가격에 매입하는 것만으로도 비단을 가진 사람들은 저희 상단으로 몰려듭니다. 그러면 비단을 매입하기 위한 운송비를 저희 상단이 굳이 지출할 필요는 없습니다. 단지 큰 창고만 있으면 됩니다."

"그렇군."

"그러면 저희는 잘 닦여진 길로 황실까지 비단을 운송하기만 하면 되니, 저희에게는 저 금액 이상의 이윤이 남습니다."

내 이전 삶의 경험이 있기에 장담할 수 있었다.

황후는 고개를 끄덕였다.

"그러면 제법 남겠구나. 그런데 그 방법을 이리 말해도 되는 것이냐? 다른 이들이 듣고 그대로 따라 할 텐데?"

"그럴 수도 있지만, 저는 별로 걱정하지 않습니다."

"걱정하지 않는다?"

"눈앞의 이윤은 무척이나 달콤한 당과니까요."

황후는 잠시 생각하더니 이내 웃음을 터트렸다.

"호호홋! 정말 그렇구나."

황후가 그리 크게 웃는 건 처음 보았다.

'걱정하지 않는다'는 내 말뜻을 알아차린 것이다.

내가 왜 걱정하지 않을까?

그건 내 이전 삶을 통해서, 그게 가능한 상인이 거의 없음을 알게 되었기 때문이다.

질 좋은 물건을 좋은 가격에 매입한다는 건 생각보다 어려운 일이다.

상인이 생각하는 좋은 가격과 공급자가 생각하는 좋은 가격은 다르니까.

물론 손님들이 생각하는 좋은 가격도 다르다.

여기서 내가 말하는 좋은 가격은 공급자에게 좋은 가격이다.

상인이 공급자에게 가격을 후려치는 것이 아닌, 그 가치에 맞는 돈을 주고 상품을 구매하여 소비자에게 욕을 먹지 않고 팔기 위해서는 상인의 이득이 적어질 수밖에 없다.

그게 눈에 보이는데, 과연 그걸 실행에 옮길 자가 몇이나 있을까?

설령 실행에 옮긴다고 해도 그 효과가 나타날 때까지 적은 이익을 감수하면서 버틸 수 있는 상인은 거의 없다고 봐야 했다.

나의 경우 우리 은해상단의 기조가 그러했기에 가능했다. 그리고 장기적으로 상단의 이익으로 이어진다는 것을 확신했고.

은해 포목점의 성공을 본 많은 상단이 내 방법을 따라 했지만 결국 얼마 가지 못하고 다들 포기했던 내 지난 삶의 경험이 있기에 그리 장담할 수 있었다.

"그런데 은해상단은 가능하다?"

"좀 특이한 가르침이 이어져 내려오는 곳이기에 그렇습니다."

"그렇구나. 거기에 대해서는 나중에 이야기를 나눌 수 있는 기회가 있겠지."

황후는 고개를 주억거리고는 모두를 보며 말했다.

"지금까지 각 상단이 얻은 점수는 다음과 같다."

황후의 말에 내관은 벽에 기다란 족자를 걸었다.

일곱 개의 족자에는 각 상단의 점수가 적혀 있었고, 그 아래에는 총점이 적혀 있었다.

예상대로 우리 상단의 점수가 제일 높다.

"그리고 이번 마지막 단계의 경합에서 최고점은 은해상단이다. 하여 이번 황실 비단 납품 경합의 최종 승자는, 은해상단이다!"

됐다!

해냈다!

내가 해냈어! 정호 형!

지금 이 순간이 무척이나 기쁘고 행복했다.

황후와 다른 비빈들 및 공주들과 대신들이 물러가고, 그 자리에는 내관들과 상단 사람들만 남았다.

"축하합니다."

"감사합니다."

"제법 인상 깊은 승부였네."

"저 역시 그렇습니다."

우리 일행은 다른 상단 사람들과 인사를 나누었다.

영원한 적도, 영원한 친우도 없는 곳이 상계이다.

그렇기에 비록 속은 쓰릴지라도 겉으로는 우호적인 관계를 맺어놔야 했다.

백천상단은 빼고.

"크흠!"

남궁보는 불쾌하다는 표정을 숨기지 않은 채 그곳을 나가 버렸다.

이에 다른 행수들이 멋쩍은 얼굴로 내게 다가와 사과했다.

대표자가 성격이 더러우니 그 밑의 사람들이 고생이 많구나.

나는 슬쩍, 남궁보가 나간 문을 노려보았다.

이제 경합도 끝났으니, 그 대가를 치르게 해 줘야겠지.

하지만, 결론적으로 내가 손을 쓸 필요가 없었다.

* * *

남궁보는 객잔으로 돌아왔다.

"이게 대체 어떻게 된 일이야! 당장 은서호를 감시하던 놈을 불러와!"

곧 그곳으로 한 남자가 불려 왔다.

그의 이름은 공십.

연준상단의 하인으로 은서호를 감시하던 자다.

남궁보는 공십에게 어제 있었던 일에 대해서 물었고, 은서호가 연준상단에서 한 발짝도 나가지 않았음을 알게 되었다.

"뭐? 금숙 행수가 납치당한 적이 없어?"

"네, 아주 멀쩡하게 돌아왔습니다."

"……."

남궁보는 이를 갈았다.

자신이 일을 맡긴 자들은 계약금만 먹고 튀어 버린 것이 분명했다.

'역시 그런 더러운 놈들을 믿는 게 아니었어.'

그는 분노를 억지로 가라앉히고 손을 내저었다.

"가 봐."

"네."

그러곤 심복인 추이에게 눈짓을 했다.

제거하라는 의미.

그리고는 다탁을 거칠게 내리쳤다.

퍽-!

새로 놓은 다탁 역시 산산이 조각났다.

이번 황실 비단 납품 경합은 완벽한 백천상단의 패배다.

"젠장!"

그리고 패배의 책임은 모두 자신에게 전가될 터.

자신이 차기 상단주가 되려는 계획에 상당한 차질이 생길 것이다.

이를 어찌 해결할지 고민하던 중, 갑자기 큰 소리가 들려왔다.

"죄인은 나와 오라를 받아라!"

"……?"

죄인이라니? 오라라니?

갑작스러운 소리에 그는 방문을 열고 나갔다.

마당에는 금군을 이끌고 온 금의위의 무사가 있었다.

"그대가 남궁보가 맞는가?"

"그, 그렇습니다만……."

"죄인이다! 포박하라!"

"네!"

"내, 내가 죄인이라니! 그게 무슨 개소리입니까?"

"이번 황실 비단 납품 경합을 위해 궁인들을 매수한 네

죄를 모른다고 할 셈이냐?"

제기랄!

남궁보는 속으로 욕지거리를 내뱉었다.

이번 경합에서 참패한 것도 큰 문제인데, 황궁에 끌려가 조사까지 받는다면 자신의 미래는 없는 것이나 마찬가지다.

그는 분노를 이기지 못하고 검을 뽑아 금군들을 향해 휘둘렀다.

황제의 명을 받은 금군과 금의위를 향해 무기를 들었다는 것 자체가 반역에 준하는 일.

감정을 이기지 못해 악수 중의 악수를 둔 것이다.

"이제야 본색을 드러내는구나!"

금의위 역시 황궁의 무공을 익힌, 황제의 친위무사들이다.

그것도 매일 치열하게.

남궁세가의 무공이 절세의 무공이라 해도 가문을 등에 업고 거들먹거리느라 수련을 게을리한 남궁보의 실력으로 그를 이길 수는 없었다.

챙—!

채챙—!

수십 합이 이어졌고, 결국 승부가 났다.

서걱—!

툭—!

"으아아아악!"

남궁보는 잘린 오른팔을 부여잡고 괴성을 질렀다.

"압송해라."

"네!"

* * *

나는 놀라서 두 눈을 깜박였다.

"네? 백천상단의 남궁보…… 그자가요?"

그날 저녁, 나는 선일 형님께 뜻밖의 이야기를 듣게 되었다.

남궁보가 궁인들을 매수한 죄로 조사를 위해 금의위 무사에 의해 체포되었는데, 그 와중에 검을 들고 항전하다가 팔이 잘렸다는 소식이었다.

하긴 황제 폐하나, 황후마마 두 분 다 그걸 그냥 두고 보실 분들이 아니지.

내 손으로 직접 갚아 주지는 못했지만, 딱히 아쉽지는 않았다.

무인이 오른팔이 잘린 상황이다. 이게 오히려 그에게 더 견디기 힘들 테니까.

이걸 보고 자업자득이라고 하는 건가?

문득 다른 행수들이 생각났다.

"나머지 행수들은요?"

"그들도 관련자들로 체포돼서 조사 중이다. 하지만 그들은 혐의가 없는 것 같아서 곧 풀려날 것 같다고 하더구나."

"그렇군요."

역시 한림원의 관리이다.

다른 관리들은 잘 모를 일들도 알고 계시는…….

잠깐,

관리들에게는 황궁의 일을 외부에 발설하지 않아야 할 의무가 있다.

유명무실한 의무라고 해도 그걸 철저하게 지키는 분이 내 앞의 선일 형님이다.

설마?

나도 모르게 쓴웃음이 나왔다.

형님이 내게 이런 것을 말해 주는 이유라면 하나뿐이지 않은가.

선일 형님도 머쓱한 표정을 지었고, 이내 헛기침을 하며 말씀하셨다.

"상께서 너에게 관심이 많으시더구나."

네, 집착이 좀 있으시지요.

하지만 그리 말할 수는 없으니 그저 웃고만 말았다.

"아! 그리고 너를 만나 보고 싶어 하시는 분들이 있는데, 혹시 호북으로 돌아가기 전에 시간이 있느냐?"

"네? 저를 만나 보고 싶어 하는 분들이 계시다고요?"

분이 아니라 분들이라는 건 여러 명이라는 의미인데?

"그래. 너를 만나고 싶어 하시는 분이 두 분 계시다."

두 명이나? 누구지?

46장. 진호 형의 봄

진호 형의 봄

다음 날, 나는 황궁으로 향했다.

나를 만나고 싶다는 이가 황궁에서 일하고 있었고, 어차피 비단을 납품하기 위한 서류들을 제출해야 했으니까.

내관에게 서류를 제출하고, 전에 선일 형님과 함께 갔었던 정원으로 향했다.

정원을 거닐며 경치를 보고 있을 때, 나를 부르는 소리가 들렸다.

"은서호 공자."

고개를 돌려보니, 관복을 입은 이가 내게 다가오고 있었다.

나름 익숙한 얼굴.

화리선점의 일에 대해 보고서를 작성했던 지현이었다.

내가 제출한 보고서를 보자마자 황제가 알아본 인재이기도 하고.

이름이 군성이라고 했었나?

"오랜만에 뵙습니다."

"오랜만입니다."

우리는 간단하게 인사를 나누었다.

"저를 뵙고 싶다고 하셨다고요?"

"그렇습니다."

그의 얼굴에는 부드러운 미소가 걸려 있었다.

"덕분에 중앙으로 영전하여 감사의 말을 전하고 싶었습니다."

역시…….

황제의 추진력은 무서울 정도다.

얼마나 됐다고 벌써 조정에 불러올리다니.

"그나저나 황궁에서 일하는 것이 고되다고 들었는데, 괜찮으십니까?"

내가 제출한 보고서 때문에 황궁으로 온 것이기도 해서 슬쩍 물어보았다.

다행히 그는 호방하게 웃으며 답했다.

"이 정도는 각오했습니다. 황궁에서 일하면서 지현으로 일할 때의 업무 강도를 생각하면 어불성설이지 않겠습니까?"

"하하하, 그, 그런가요?"

뭐, 좋아하니 다행이다.

들으니, 그가 황궁에 들어와 받게 된 관직은 상소나 칙령을 담당하는 통정사의 경력(經歷)이라고 했다.

기록을 담당하는 곳이니만큼, 잘 맞는 인사였다.

종육품의 관직이니 정칠품인 감찰어사보다 높을 텐데, 감찰어사의 특수성 때문인지 여전히 내게 존대를 해 주었다.

"이번에 황실 비단 납품 경연에 참가하셨다고 하던데, 혹시 그분의 명이 있으셨던 겁니까?"

감찰어사의 직무 수행을 위한 일이었냐는 의미.

물론 아니지만, 아니라고 해도 믿지 않을 터.

그래서 그냥 웃기만 했다.

"……음, 그렇군요."

그렇게 이런저런 이야기를 나누고 다음을 기약하며 헤어졌다.

둘 다 바쁜 시간을 쪼개서 만난 것이니까.

.

.

.

저녁이 되자, 나는 황궁 근처의 한 다루로 향했다.

나를 보자고 한 이는 아직 도착하지 않았기에, 삼 층의 조용한 방에 들어가 차를 음미했다.

그렇게 한 잔을 다 마셔갈 때쯤, 문을 두들기는 소리가 들렸다.

"들어오십시오."

"또 만나는군요."

들어온 이는 바로 황본지 학사였다.

"이번에 황실의 비단 납품 상단으로 선정되었다고 들었습니다. 축하드립니다."

"감사합니다. 학사님께서도 다시 조정에 들어가셨다 들었습니다."

"예, 황제 폐하의 은덕으로 호부(戶部)의 우시랑이 되었습니다."

"오, 감축드립니다."

우시랑이라면 육부의 부수장인 정삼품 고위직이다.

하긴 황제가 기억할 정도면 꽤 유능하다는 뜻이니 그럴 만한 인사지.

그나저나 호부라…….

그렇다면 이 김에 황 학사, 아니 황 대인을 통해 황제 폐하께 말을 전해야겠다.

"한 가지 부탁드릴 것이 있습니다."

"말씀하십시오. 제 아들의 목숨을 구해 주신 분이니 되도록 들어드려야지요."

"제가 상인이다 보니 중원 곳곳을 다닐 기회가 많습니다. 그러다 보니 알게 된 것인데, 전국이 대풍이라더군요."

"그렇다고 들었습니다. 세수도 넉넉할 거라 다들 좋아하더군요."

그래, 다들 그런 생각들을 했었지.

그러다 보니 이어진 대흉년의 참사가 더 커진 것도 있다.

그 기억을 떠올리며 조심스럽게 말했다.

"그…… 내년부터는 당분간 극심한 흉년이 올 것 같습니다."

"네? 갑자기 흉년이 온다는 말씀입니까?"

"예, 헌데…… 근거가 제 예지몽이라, 말씀드릴까 말까 고민하다가 말씀드립니다."

"예지몽이라고 하셨습니까?"

"그렇습니다."

앞으로 오 년 동안 대흉년이 이어지는 건 확실하다.

나로 인해 바뀐 것들이 있다고 해도 기후는 변하지 않을 테니까.

하지만 문제는 근거가 마땅치 않다는 것.

전무후무한 대풍 뒤에 그런 대흉이 갑자기 찾아올 거라 누가 예상했겠는가.

하지만 황제 폐하라면 충분히 근거를 찾으실 수 있을 테지.

그래서 속 편하게 '예지몽'이라고 둘러대는 거다.

그리고 이를 뒷받침할 적당한 핑곗거리도 있다.

"사실, 제가 황 대인의 아드님을 구할 수 있었던 것도 예지몽 덕분이었습니다. 꿈에서 그 장면을 보았기에 직접 배를 타고 나가서 모두를 구할 수 있던 거죠."

그 말에 황 대인의 표정이 어두워졌다.

흉년이 온다면, 세금을 걷어 그것으로 나라 살림을 운영해야 하는 호부의 관리로서 근심스러운 건 당연한 일이다.

"하여 드리고 싶은 말씀은, 이번 추수 때 최대한 많은 곡식을 쌓아 두시라는 겁니다."

"하지만 정해진 세수보다 더 많은 양을 거둘 수는 없는 일입니다."

"맞습니다. 하지만 국가에서 매수하는 건 가능하지 않습니까? 대풍이니 곡식의 값은 평년보다 쌀 테고, 시세보다 조금 더 가격을 쳐 준다고 하면 너 나 할 것 없이 곡식을 팔 것입니다."

이게 현실적으로 최선의 방안이다.

백성들에게 곡식을 낭비하지 말라고 강제할 수는 없는 노릇이니까.

이렇게 나라에서 곡식을 비축해 둔다면 최소한 이전 삶에서처럼 굶어 죽거나 유리걸식하는 자들이 쏟아져 나오지는 않을 거다.

"그렇게 나라의 재정을 풀어서라도 최대한 많이 쌓아 놓으셔야 합니다."

내가 황 대인에게 말한 것이 황제의 귀에 들어갈 것이 분명하기에 이렇게 말하는 거다.

그는 군성 대인과 달리 고위직에 있다.

그러니 시기가 시기인 만큼 황제의 허락이 없었다면, 나를 만나러 오기 힘들었을 거다.

나를 만나러 온 건 황제의 명이 있었기 때문이겠지.

황 대인의 축하 인사에는 그의 진심도 담겨 있지만 황제의 축하도 담겨 있을 터.

내가 미래에 다가올 흉년에 대해 알고 있으면서 미리 황제에게 말하지 않고 지금 말하는 건, 그땐 때가 아니었기 때문이다.

황제에게 신임을 얻기 시작한 건 최근이었고, 이전에는 주제넘게 그런 말을 할 처지가 아니었으니까.

그리고 작년까지는 수확량이 평작 수준이었으니, 곡식을 쌓아 놓으라고 해도 실행하는 것이 어려웠을 거다.

나라 살림이라는 것이 원래 팍팍한 것이니까.

하지만 이제 황제는 내 말에 귀를 기울여 줄 거다.

내가 허튼 말을 하지 않는다는 것을 아시니까.

또한, 이번에는 엄청난 대풍이니 곡식을 쌓아 두는 것에 부담도 덜할 터.

이런 것들에 대해 말할 수 있는 때가 되었음에도 내가 직접 황제에게 말하지 않는 건…….

황제를 마주하는 건 심장에 별로 좋지 않기 때문이다.

그리고 까딱하다가는 "네가 적임자인 듯하니, 일해라."라고 하면서, 그대로 발목에 족쇄가 채워질 거다.

그리고 한 가지 더 말할 게 있다.

"나중에 흉년이 와서 사정이 좋지 않아진다면 그땐 외국에서 곡식을 가지고 오는 방법도 생각해 보십시오."

"외국에서 말입니까?"

"이를테면 대월국 같은 곳이나 저 북해 너머의 평야 같은 곳 말입니다."

황 대인의 표정이 좋지 않게 변했다.

"식량을 구걸하라는 겁니까?"

"농담하시는 겁니까? 갑자기 구걸이라니요. 훨씬 좋은 방법이 있잖습니까."

"……?"

나는 씩 웃었다.

"상인들을 통해 정당하게 식량을 수입하는 방법이 있지 않습니까?"

첫 번째 제안이 모두를 위한 것이라면, 두 번째 제안은 우리 은해상단을 비롯한 상계를 위한 것이다.

* * *

황본지는 멀어져 가는 은서호의 뒷모습을 보았다.

'폐하께서 관심을 가지시는 이유가 있었군.'

그는 어제 황제가 자신을 불렀을 때를 떠올렸다.

"이번에 은해상단이 비단 납품 상단이 되었다고 하더군. 그리고 그 상단의 대표가 은서호 소단주라고 하던데 그가 자네 아들의 은인이라지?"

"네, 그러하옵니다."

"그럼, 축하 인사를 하기 위해서 만나겠군."

황제의 뜻은 명확했다.

만나서 축하를 전하라는 뜻.

그래서 그는 은서호의 사촌을 통해 약속을 잡았다.

처음에는 반가웠으나, 자신이 호부의 우시랑이 되었다는 말에 곧바로 부탁이 있다는 은서호의 모습에 조금 실망했다.

역시나 상인은 상인인가 싶었기 때문이다.

하지만 자신의 아들의 은인이기에 적당히 들어 주거나 과한 부탁이면 돌려서 거절할 생각이었는데, 그 예상은 완전히 빗나갔다.

은서호가 부탁한 건 스스로를 위한 부탁이 아니었다.

흉년에 대비하여 곡식을 쟁여 놓으라는 것이었다.

'대인이다! 역시 은서호 소단주는 대인이었어!'

그는 은서호를 오해한 자신이 부끄러웠다.

'그나저나 예지몽이라……'

남들이 들으면 코웃음을 칠 수도 있지만, 그는 믿을 수밖에 없었다.

그게 아니라면 그 당시 그렇게 시기적절하게 나타나서 동정호에 빠진 모두를 구할 수는 없었을 테니까.

황본지는 황궁으로 돌아와 황제에게 알현을 청했다.

"그래, 은서호 소단주를 만나고 왔나?"

"네, 그러하옵니다."

그는 이런저런 보고를 하고는 머뭇거리다가 말을 이었다.

"그리고 은서호 소단주가 마지막에 이상한 부탁을 했습니다."

"이상한 부탁? 그게 무언가?"

"그게…….'

황본지는 황제에게 은서호가 말한 것에 대해 이야기했다.

황제는 고개를 주억거렸다.

"내년부터 대흉이 닥칠 것인데, 그 근거가 예지몽이라…… 분명 자네의 말이 내 귀에 들어올 것을 알면서 그리 말한다는 건 확신이 있다는 것인데?"

"제 아들을 구할 수 있었던 것이 예지몽 덕분이라고 했습니다."

"그런데 왜 그걸 나에게 직접 말하지 않고…….'

황본지는 조심스럽게 그 이유를 변명해 보았다.

"아무래도 이제 막 비단 납품 상단이 되었으니 다른 이들의 시선을 의식해서 그러지 않았을까 싶습니다."

"그런가? 뭐, 그리 생각하도록 하지."

황제는 고개를 주억거리며 속으로 투덜거렸다.

'참으로 눈치가 빠르군. 그 녀석이 나에게 직접 말했다면 그 녀석에게 이 일을 맡겼을 텐데 말이지.'

하지만 그가 이렇게 다른 사람을 통해 말을 전한 탓에 자신이 따로 일을 시켜야 했다.

예지몽이라는 말만으로 일을 진행할 수는 없으니까.

'황궁의 문서를 뒤져 보면 근거로 쓸 만한 게 나오겠지.'

황제는 은서호의 말을 꽤나 신뢰하고 있었다.

일을 시킬 인력으로는 공주들을 동원하면 될 듯했다.

은서호가 불쌍하지 않느냐고 어찌어찌 잘 말하면 아직은 은서호에 대한 약발이 먹힐 테니까.

* * *

다음 날, 우리는 호북성으로 향할 채비를 했다.

나는 고모님과 선미와 인사를 주고받았다.

그리고 고모님이 다른 행수님들과 작별 인사를 할 때, 고모부가 나에게 다가와 작게 속삭이셨다.

"그자는 알아서 처리했다."

고모부에게 나를 감시하던 하인에 대해 살짝 말씀드렸었지.

내가 고개를 살짝 숙이자, 고모부는 표정을 부드럽게 바꾸더니 인사를 건넸다.

"조심히 잘 가거라. 또 만날 터이니 작별 인사는 오래 하지 않으마."

"네. 안녕히 계십시오."

그렇게 우리는 북경을 떠나 호북성으로 향했다.

* * *

백천상단.

상단주 남궁강은 이번 황실 비단 납품 경합에 대한 보고를 듣고 있었다.

"결국 은해상단이 경합에서 승리했다라…… 그리고 우리 백천상단은 궁인들을 매수한 혐의로 조사를 받고 있고? 이런 멍청한 새끼!"

그는 백천상단을 이끌었던 남궁보를 비난했다.

"일 처리를 그딴 식으로 해서 황궁의 조사까지 받는다니! 망신도 이런 망신이 없군!"

"어찌할까요? 그래도 조카분이시니 빼내기는 해야 할 것 같습니다만……."

남궁강이 잠시 고민하다가 물었다.

"팔 하나가 잘렸다고 했지?"

"네, 오른팔이 잘렸다고…… 정신적인 충격을 받아서인지 상태가 그리 좋지는 않다고 합니다."

남궁강은 빠르게 상황을 파악했다.

자칫하다가는 백천상단까지 조사를 받고 황궁의 의심을 사게 될 터.

그렇게 된다면 윗분들의 심기가 좋지 않을 거다.

그는 결론을 내렸다.

꼬리를 자르기로.

"이번 일은, 모두 보 그 녀석의 독단적인 행동으로, 우리 백천상단은 이에 대해 전혀 몰랐던 거다."

"아, 알겠습니다."

"그건 그렇고…… 은해상단이라……."

불과 몇 년 전만 하더라도 백대상단 중 말석에 위치해 있던 상단으로 기억하는데, 어느덧 중간 정도까지 급성장한 상단이다.

괄목할 만한 성장세.

그는 저번 연회에서 봤던 은서호를 떠올렸다.

그냥 잘생긴 청년이라고 생각했었는데…….

'앞으로 유심히 살펴봐야겠군.'

* * *

드디어 집에 도착했다.

"어서 오너라!"

"다녀왔습니다."

"이번 경합, 수고 많았다."

아버지는 미소를 지으며 나를 반겨 주셨다. 그리고 정호 형은 감격한 듯 눈시울이 붉어졌다.

"정말 고맙다."

"뭘, 이 정도는 기본이지."

"하하, 그래."

"형의 그 표정, 건혁이랑 보연이도 봐야 하는데 말이지."

이번 황실 비단 납품 경합에서 은해상단의 승리가 확정된 날, 나는 금령을 통해 즉시 아버지에게 소식을 전했다.

이 기쁜 소식을 가족들에게 빨리 전해 주고 싶었기 때문이다.

하여 금령에게 은자 하나를 줘야 했지만, 그럴 가치는 충분했다.

쾌거를 거둔 상단 사람들의 노고를 치하하기 위해서 조부님까지 나오셨다.

조부님과 아버지 그리고 정호 형이 세 행수들과 상단 사람들에게 격려의 말을 하는 동안 나는 어머니와 형수에게 다가갔다.

"소자, 다녀왔습니다."

"고생 많았다."

"정말 감사드려요. 도련님. 소식을 듣고 우리 그이가 무척이나 기뻐했답니다."

"저도 기뻤습니다."

"힘들지? 어서 들어가서 쉬도록 해라."

"네."

나는 우리와 같이 한 송 표두에게 감사 인사를 전하고 별당으로 향했다.

이 포근한 냄새, 역시 집이 좋다.

그때 문득 든 생각.

진호 형이 안 보이던데 많이 바쁜가?

.

.

.

나는 저녁 식사를 마치고 잠시 상단을 둘러보았다.

오랫동안 자리를 비웠으니 뭔가 바뀐 것이 있는지, 이상은 없는지 살펴봐야 했기 때문이다.

그때, 반대편에서 진호 형이 터벅터벅 걸어오더니, 나를 보고는 깜짝 놀라며 물었다.

"어…… 너 언제 왔냐?"

"무슨 소리야? 오늘 도착한다고 미리 서신도 보냈는데."

"아…… 그랬냐? 아무튼, 무사히 다녀와서 다행이다. 이번에 황실 비단 납품 경합에서 승리했다는 건 들었어. 축하한다."

"고마워. 그런데 요즘 뭘 하기에 그렇게 바빠? 하나밖에 없는 동생을 마중하러 오지도 않고?"

"그냥 뭐, 이것저것……."

말끝을 흐리며 내 눈을 피하는 것을 보니, 수상하기 짝이 없다.

"그럼, 나 먼저 가 볼게."

"어."

진호 형은 다급히 자리를 떴고, 나는 그런 진호 형의 뒷모습을 보며 미간을 찌푸렸다.

평소 보던 형의 모습과 너무나 다르다.

뭐지?

뭔가 숨기는 것 같은데?

그러고 보니, 이전 삶에서도 진호 형이 좀 이상했던 적이 있긴 했었는데.

그게 무엇 때문이었더라?

"팔갑아. 네가 봐도 진호 형 뭔가 수상하지 않아?"

"확실히 수상합니다요."

"궁금하지 않아?"

팔갑이 씩 웃으며 고개를 숙였다.

"알아보겠습니다요."

팔갑은 정보를 캐는 데 무척이나 유능한 것이 확실했다. 날이 어두워지지도 않았는데, 벌써 알아 온 것을 보면 말이다.

차라리 팔갑을 정보대의 대원으로 넣었어야 했나?

아니다.

팔갑은 내 옆에 있어야 했다.

이전 삶에서 나를 보필하느라 온갖 고생을 하다가 죽었는데, 이번에는 내 옆에서 부귀영화를 누리게 해 줘야지.

"진호 소단주님께서 요즘 푹 빠져 있는 소저가 있다고 합니다요."

"응? 진호 형에게 여자가 있다고?"

"그렇습니다요. 창인표국의 하철 표두의 따님이라고 합니다요."

잠깐, 하철…… 설마 하수민 소저인가?

팔갑이 내 생각을 확인시켜 주었다.

"이름은 하수민. 이번 시월 말에 열아홉 살이 되었다고 합니다요."

"……."

젠장, 왜 그걸 잊고 있었지?

큰형수에 대해서는 기억하고 있었는데, 하수민 소저에 대해서는 미처 생각하지 못했다.

이전 삶에서 진호 형은 혼인하지 않았다. 첫사랑이 너무 가슴 아픈 사랑으로 남았기 때문이다.

뜨겁게 타올랐던 연모의 불길은 방향을 잃었고 결국, 진호 형의 속을 새카맣게 태웠다.

모든 것을 알게 된 건 한참 뒤의 일이었다.

그리고 진호 형의 상태가 좀 이상했던 때가 바로 그때였다.

하지만 당시 나는 은해 포목점의 일 때문에 진호 형에게 관심을 두지 못했었다.

게다가 이에 대해 알게 된 이후로도 정신없이 바빴던 데다가, 이미 지나간 일이라 깊게 생각하지 않았었다.

그나저나 이걸 어떻게 하지…….

"왜 그러십니까요?"

나는 한숨을 쉬며 고개를 내저었다.

"아무것도 아니야."

"혹시 하 소저가 탐탁지 않으십니까요?"

"아니야. 나는 진호 형을 응원한다고."

진짜다.

문제는…… 하수민 소저가 이제 곧 죽는다는 거지.

하 소저는 사고로 죽는 것도 아니고, 싸움에 휘말려 죽는 것도 아니다.

일 년 뒤, 갑작스럽게 병으로 죽는다.

그것도 일반적인 치료로는 고칠 수 없는 병인 절맥증으로.

삼음절맥(三陰絕脈).

절맥증이라는 건 음기가 너무 강하여 혈맥을 틀어막아 기혈이 제대로 순환되지 않아 그로 인해 단명하게 되는 난치병이다.

이전 삶에서는 왜 하수민 소저가 삼음절맥인지 의아해했었다.

하지만 이제는 그 이유를 알 것 같았다.

창인표국은 사부님께서 설풍궁의 재건을 위해 세우신 곳이다.

즉, 그곳에서 일하는 표두의 상당수가 설풍궁의 제자라는 의미.

그리고 설풍궁은 빙공을 익히는 곳이며, 빙공은 음기의 무공이다.

세상의 이치라는 것이 참 묘해서 음기의 무공을 익힌 아버지를 두었다고 해서 음기를 지닌 아이만 태어나는 게 아니다.

보통은 반반 정도씩 균형을 맞춘 상태로 태어나고, 이후에 성장 방향에 따라 조금씩 다르게 성장한다.

하지만, 때론 예외도 있는 법.

태어날 때부터 한쪽의 기운이 비정상적일 정도로 강한 경우가 있었다.

그게 절맥으로 나타나는 거다.

절맥증이 나타나는 여러 이유 중 하나가 부모 중 한쪽의 영향을 지나치게 많이 받은 경우인데, 솔직히 그것도 운이다.

그냥 하수민 소저는 운이 없던 거다.

어쨌든 하수민 소저가 죽으면, 이번에도 정호 형은 평생 혼인하지 않고 혼자겠지.

그러면 허구한 날 심심하다면서 나를 귀찮게 할 것이 분명했다.

어떻게든 해 봐야겠네.

절맥증은 불치병이 아닌 난치병이다.

치료할 방법이 있지만, 치료하기가 어려울 뿐.

흑적의선 어르신을 모셔와야겠군.

체질 때문에 생긴 병에는 그분이 전문이니까.

그리 생각하며 내 별당으로 발을 옮기던 순간, 뇌리를 스치는 의문이 있었다.

흑적의선은 설풍궁주인 사부님의 장인이다.

설풍궁의 제자의 딸이 그런 난치병에 걸린 상황이라면 사부님이 흑적의선 어르신에게 부탁하셨을 터.

아무리 정처 없이 떠도는 흑적의선 어르신이라고 해도 사부님이 그 행방을 모르지는 않으실 텐데…….

설마, 병에 걸린 것을 모르나?

．
．
．

다음 날 아침.

운기조식을 마치자 사부님께서 별당 마당으로 오셨다.

매번 어떻게 이렇게 딱 맞춰서 오시는 거지?

"제자, 북경에 잘 다녀왔습니다."

"이번에 좋은 성과를 거두셨다고 들었습니다. 축하드립니다."

"감사합니다. 사부님."

"송 표두에게 듣기로, 이번에 제법 활약을 했다고 하시던데……."

"아……."

진가상단과 대웅상단의 방해에 그들을 골려 준 일을 말하는 거다.

나는 귀밑을 긁적이며 말했다.

"그냥, 귀찮게 해서 가볍게 갚아 준 것뿐입니다."

"송 표두가 그렇게 배가 아플 정도로 웃은 적은 처음이라고 하더군요."

나는 피식 웃었다.

우리가 서 있던 절벽 아래에서 단체로 데굴데굴 구르던 모습은 진짜 통쾌했지.

아! 이런 상황이면 하 소저에 대해 자연스럽게 물어보기 좋겠군.

"저, 사부님. 혹시 표국에 하철이라는 분이 계십니까?"

"예, 제 동료입니다."

"그분도 표두시겠군요."

"표두로 일한 기간을 따지면, 저보다 더 오래되었으니 선배라고 할 수 있겠군요."

사부님은 옅은 미소를 지으셨다.

"표면적으로는 그렇고, 사실 설풍궁의 제자입니다."

역시, 내 예상대로다.

"그분에게 하수민이라는 따님이 있다고 들었습니다만?"

"네. 그렇습니다. 참으로 재기 넘치고 재주도 많은 아이입니다. 영특하기도 하고 무공에 재능도 있지요."

사부님이 내게 물으셨다.

"혹시, 관심 있으십니까?"

"아, 아닙니다!"

"그거 다행입니다."

"네?"

"국주님의 형님께서 그 아이에게 마음이 있는지, 사흘에 한 번 정도씩 들르십니다."

"……."

진짜 열심이구나. 진호 형.

"사실 저도 진호 형이 그 소저를 마음에 두고 있다는 것을 알고 있습니다. 그래서 동생으로서 궁금했을 뿐입니다."

"그러셨군요. 그렇다면 그리 걱정하지 않으셔도 됩니다."

사부님이 미소 지으셨다.

"제가 봤던 여인 중 다섯 손가락에 꼽을 수 있을 정도로 좋은 사람입니다."

확실하군.

사부님께서도 하수민 소저가 삼음절맥이라는 것을 모르고 계신다.

이전 삶에서 듣기로 매우 갑작스럽게 병사했다고 하던데…….

하긴, 그녀의 병에 대해 알고 있었다면 갑작스럽게 죽었다고 말하지는 않겠지.

사부님이 모르고 계신다는 건 증세가 없다는 의미이기도 하다.

일 년 정도 후에 죽는다면, 지금쯤은 증세가 나타났어야 할 텐데.

왜 아직 증세가 없는 거지?

"그럼 첫 번째는 누구입니까?"

"제 부인입니다."

"……."

너무 당연한 것을 물어봤네.

"더 궁금한 것이 있으십니까?"

"없습니다."

"제가 전에 말씀드렸듯이 진설십이식검법은 더 이상 저에게 배우실 필요가 없습니다. 이미 조사님께 진정한 진설십이식검법을 배우셨으니 말입니다.”

맞다. 이미 진설십이식검법은 내가 사부님보다 더 매끄럽게 펼칠 수 있는 수준.

물론 진설십이식검법만 가지고 사부님과 대련을 하면 내가 질 거다.

내공이나 경험의 차이는 무시할 수 없으니까.

그럼 이대로 하산하라고 하시는 건가?

이전 삶에서는 진설십이식검법만 배웠고, 그걸 다 익혔을 때 더는 가르칠 것이 없다고 하시면서 다음 날부터 나를 찾아오지 않으셨으니까.

아, 딱 한 번 더 찾아오셨긴 했다.

그 아들인 곽준하를 은해상단에 위탁하셨을 때 말이지.

하지만 사부님의 입에서 나온 말은 전혀 뜻밖의 내용이었다.

“이제, 다른 검법을 배우실 때가 되었습니다.”

“다른 검법이라고 하시면?”

겉으로는 의아해했지만, 속으로는 기뻤다.

이전 삶과 달리 계속해서 사제의 연이 이어진다는 의미니까.

“제가 알려 드릴 검법은 설혼검법(雪魂劍法)입니다. 사실 완벽하게 익힌 검법이 아니기에 국주님께 알려 드릴 것이 못 되었지만, 국주님이 구해 오신 조사님의 심득이 담긴 비급 덕분에 많은 성취가 있었습니다.”

그러고 보니 전에 사부님께서는…….

"사실, 제가 다른 검법을 하나 익히고 있었는데 익히던 도중에…… 아무튼, 제가 제대로 익히지 못한 무공을 전수할 수는 없으니까요."

라고 하셨었다.

사부님이 말씀하시는 비급이 내가 낙양의 서책방에서 구해 온 한 권의 서책, 그걸 말씀하시는 거겠지.

'태음의 시작은…….' 이라는 내용으로 시작되는 서책이었고, 그걸 본 사부님께서는 무척 놀라워하셨다.

얼마 후, 사부님께 느껴지는 기도가 달라진 것을 보니 그때 그 검법을 대성하셨던 게 틀림없다.

그 검법이 설혼검법이었구나.

"하여, 이제 제 제자인 국주님께 설혼검법을 전수할 수 있게 되었습니다."

그날부터 나는 사부님께 설혼검법을 배우게 되었다.

설혼검법은 이전 삶에서 배웠던 검법이 아니다. 그건 즉, 처음 배운다는 의미다.

하지만 첫날부터 직감할 수 있었다.

이거, 진설십이식검법보다 상승의 무공이다.

그러고 보니 사부님께서는 설풍궁의 궁주시고, 이 검법을 배우던 도중에 설풍궁에 문제가 생긴 것 같은데…….

그러면 이 검법은 소궁주 시절에 배우던 검법이라는 의

미다.

보통 무가에서는 가주와 소가주만 배우는 무공이 따로 있다.

설마 이 설혼검법, 궁주와 소궁주만 배우는 무공인가?

.

.

.

나는 아침을 먹기 위해 식당으로 향했다.

곧 가족들이 도착했고, 하녀들이 음식을 가져왔다.

식사를 마치고, 차를 마실 때 조부님이 나에게 말씀하셨다.

"그래, 이번 스무 살 생일을 희아가 챙겨 줬다고?"

"네. 조부님."

나는 찻잔을 내려놓으며 조부님의 물음에 대답했다.

"고모님께서 연회를 베풀어 주셨습니다."

"내 딸이지만, 참 생각이 깊다니까. 내 고맙다고 서신이라도 보내야겠구나."

조부님께서는 흐뭇하게 웃으셨고, 아버지와 어머니도 은은한 미소를 지으시는 걸 보니 만족스러워하는 듯했다.

"하지만, 그래도 네 스무 살 생일인데 이대로 지나갈 수는 없다고 생각한다."

어머니도 아버지의 말씀을 거들었다.

"나 역시 그렇단다. 무엇보다 우리 상단에서는 진정한

의미의 성인을 스무 살로 치니까. 그래서 늦었지만 네 생일 연회를 열기로 했단다."

"하하하."

나는 멋쩍게 웃었다.

사실 내 생일에 맞추어 연회가 예정되어 있었지만, 정호 형이 과로로 쓰러지는 바람에 내가 대신 황실 비단 납품 경합에 참가할 수밖에 없는 상황이 되었다.

해서 내 생일 연회는 취소되었다고 생각하고 있었다.

사실 이전에 소단주 공표식 연회도 성대하게 했어서 별로 아쉽지도 않았고.

하지만 부모님 마음은 그게 아닌 것 같다.

무척 늦었음에도 내 생일 연회를 열겠다고 하시는 것을 보면 말이지.

"알겠습니다. 대신 연회 규모는 조금 줄이는 게 좋을 듯합니다."

"네 뜻이 그렇다면 그래야겠지. 하지만 제갈세가나 사천당가에는 연락해야 하지 않겠느냐?"

"아······."

그러고 보니 그분들이 있었다.

스무 살 생일 연회는 의미 있는 자리인데, 그분들을 초대하지 않는다면 분명 서운해하실 거다.

모름지기 상인이라면 그런 것까지 꼼꼼히 챙겨서 인맥을 관리해야 하는 법.

"그러네요."

그때 내 눈에 어딘가 멍한 진호 형이 보였다.

진호 형을 위해서라도 하수민 소저의 병을 고쳐야 했다. 하지만 병을 고치기 위해서는 병의 진단이 먼저이다.

그녀의 병이 밝혀지면 형이 더 마음 아파할 수도 있겠지만, 치료하려면 일단 병을 밝히긴 해야 하니까.

지금 상황으로 봐서는 아무도 그 병을 모르고, 다른 이들도 모르는 상황이다.

아마 절맥이나 의술에 조예가 깊은 분들이 진맥을 해봤다면 알 수 있겠지만, 그럴 일이 없었겠지.

아무 이유 없이 과년한 소저의 손목을 잡을 수는 없는 노릇이니까.

그리고 지금까지 몰랐다는 건, 웬만한 실력으로는 그녀의 병을 알아차릴 수 없다는 것.

그러니까 내가 처음 생각했던 대로, 흑적의선이 직접 진맥을 해야 한다는 의미이다.

어떻게 하면 흑적의선을 불러 그녀를 진맥하게 할 수 있을까 고민하던 중, 좋은 생각이 떠올랐다.

"아버지, 그러면 몇몇 곳은 제가 직접 초대장을 전해드리도록 하겠습니다."

.

.

.

그날, 나는 초대장을 가지고 상단을 나섰다.

물론 해야 할 일이 쌓여 있지만, 그건 조금 뒤에 해도 되는 일이다.

정 안 되면 잠을 줄이든, 밤을 새면 된다.

하지만 하 소저의 일은 시급을 다투는 일이다.

"창인표국 쪽으로 가시면 되는 겁니까?"

서우 무사의 물음에 나는 고개를 끄덕였다.

"네."

오늘 내 호위를 담당한 무사는 서우 무사와 이필 무사였다. 나는 팔갑과 두 사람을 대동하고 창인표국으로 향했다.

하 소저는 창인표국에서 표사로 일하고 있다고 했으니 찾아가면 만날 수 있을 테지.

곧 우리는 창인표국에 도착했다.

창인표국은 은해상단과 그리 멀리 떨어져 있지 않았으니까.

그러니까 진호 형이 사흘에 한 번은 꼭 이곳을 들르는 게 가능한 거다.

음, 더 멀었어도 그랬겠지만.

"어디서 오셨습니까?"

문지기의 물음에 내가 대답했다.

"은해상단의 소단주 은서호입니다. 창인표국의 국주님을 만나 뵙고자 방문했습니다."

"아! 기다리고 있었습니다. 어서 안으로 드시지요."

미리 전갈을 보내 둔 덕분에 곧바로 안으로 들어갈 수 있었다.

하지만 낯익은 시종이 내게 다가와 난감한 표정으로 고개를 숙였다.

"저, 송구합니다. 지금 급한 손님이 오셔서 지금 국주님께서는 그분과 대화 중이시라서……."

"괜찮습니다. 표국 일을 하시다 보면 그런 일도 있기 마련이지요. 저는 잠시 표국을 둘러보고 있겠습니다."

"아, 그러시겠습니까?"

시종이 화색을 띠며 그리 말했다.

"그럼 안내할 분을 붙여 드리겠습니다."

잠시 기다리자, 표사 하나가 우리 쪽으로 다가왔다.

"아! 소단주님!"

"오랜만입니다."

전에 표행을 같이 했던 표사였기에 반갑게 인사를 했다. 그리고 그의 안내를 받아 표국을 둘러보았다.

생각보다 연무장이 차지하는 공간이 넓었다.

"연무장이 상당히 넓네요."

서우 무사가 설명해 주었다.

"표국은 운송과 경호를 겸하고 있기에 무공 수련이나 체력 단련의 중요도가 높습니다. 그래서 대부분의 인력들이 임무를 나갈 때가 아니면 꾸준히 수련을 해야 합니다."

"하긴, 그렇겠군요."

"아무래도 무공의 수준이 높을수록 직급이 오르거나, 더 안전해지니 수련에 항상 힘쓸 수밖에 없습니다."

전직 표두인 서우 무사의 말에 창인표국의 표사가 고개를 끄덕였다.

그렇게 이곳저곳을 둘러보던 중 한 무리의 여인들이 보였다.

복장을 보니 표사들 같은데?

표사들 대부분이 남자기는 하지만, 여자 표사들도 없지는 않았다.

그렇다면 저들 중에 하 소저가 있을 터.

표행 중이라는 말은 듣지 못했으니까.

누구지?

하수민 소저에 대해 알고는 있지만, 그녀를 본 적이 없다는 것을 깨달았다.

"와, 겁나게 아름다우신 분들입니다요."

팔갑의 말에 표사가 웃으며 말했다.

"저희 표국의 자랑입니다. 특히 하 표사는 저희 표국의 용봉 중 하나입니다."

"용봉이요?"

"그, 무림에 그런 거 있잖습니까? 오룡삼봉(五龍三鳳) 같은 거 말입니다."

"아……."

무림에서는 무공과 외모가 뛰어난 미혼의 후기지수들을 일컬어 용봉이라 한다. 남자는 용, 여자는 봉황에 비유하는 거다.

"저희 표국에서도 그런 평을 받는 이들이 있는데, 그

중 하나가 하 표사입니다."

"누군지 궁금합니다."

"저기 왼쪽에서 두 번째에 있는 표사입니다."

"……."

과연, 진호 형이 사랑에 빠질 만하네.

그들 중에서도 확 눈에 띌 정도의 미인이었으니까.

"하지만 이제 곧 용봉에서 빠질 듯합니다."

"네?"

"아직 모르십니까? 은진호 소단주님께서 뻔질나게 드나들고 계신데 말입니다. 그리고 말은 하지 않지만, 하 표사도 은진호 소단주님께 마음이 있는 것 같고 말입니다."

"아…… 그렇군요."

표사들까지 알고 있을 정도면…… 아이고, 진호 형.

그나저나 이렇게 겉으로만 봐서는 그녀가 절맥증을 앓고 있다는 것은 전혀 모르겠다.

무척 건강해 보였고, 사부님도 무공 실력이 뛰어나다고 평가했었으니까.

역시, 증세가 없다는 거다.

그러니까 모두 알지 못했겠지.

하지만 하 소저가 일 년 후에 삼음절맥으로 죽는 것은 확실하다.

나는 잠시 고민하다가 그녀들에게 다가갔다.

"처음 뵙겠습니다."

"아!"

"어머! 소단주님."

다행히 그녀들 중에는 구면인 표사도 있었다.

전에 어머니를 모시고 낙양에 갔을 때 함께 했던 표사 중 하나였다.

"아, 인 표사님도 계셨군요."

"네."

그녀는 다른 무사들에게 나를 소개해 주었다.

"인사드려. 은해상단의 은서호 소단주님이셔."

"아!"

"안녕하세요."

"반갑습니다."

"네, 이렇게 만나 뵙게 되어 반갑습니다. 혹시 나중에 저희 은해상단의 표행에 함께 하게 된다면 잘 부탁드린 다고 인사드리기 위해 왔습니다."

"그럼요."

"은해상단은 저희 표국의 오랜 고객이신데 당연하지요."

그렇게 인사를 주고받으며 슬쩍 하 소저를 살폈다.

음?

멀리서는 몰랐는데, 가까이에서 그녀를 보자 뭔가 알 수 없는 답답함이 느껴졌다.

마치 뭔가 막힌 듯한……

이게 하 소저의 절맥증 때문이라면, 왜 다른 사람들은 느끼지 못하는 거지?

아…… 설마 그것 때문인가.

현룡성체.

다른 사람들과 나의 차이라면 그것뿐이니까.

그렇다면 현룡성체는 절맥 같은 것을 알아차릴 수 있는 공능이라도 있는 건가?

이건 좀 더 살펴봐야겠지.

하지만 이 답답한 느낌을 봐서는 하 소저에게 뭔가 이상이 있다는 건 확실했다.

그리고 그건 절맥증일 터.

이 병이 자연스럽게 밝혀질 때는 이미 늦는다.

그때 저 멀리서 시종이 달려왔다.

일단 국주님을 만나고 나서 생각해야겠군.

잠시 후,

나는 창인표국의 접빈실에서 국주님과 사부님을 마주하고 앉았다.

"그간 격조했습니다."

"소단주나 나나 바쁘긴 마찬가지이니 어쩔 수 없는 거 아닙니까? 하하하."

호방하게 웃으시는 국주님을 보며 나도 멋쩍게 웃었다.

"그런데 무슨 일이십니까? 혹시 저희 쪽에서 무슨 실수라도 있었습니까?"

"그건 아닙니다."

나는 손을 저으며 말했다.

"창인표국의 표행은 언제나 만족스러운데 무슨 불만이 있겠습니까? 제가 이리 방문한 건, 제가 이번에 스무 살이 되었기 때문입니다."

"오! 소단주의 연치가 벌써 그리되었습니까?"

"네."

나는 옷소매에서 초대장을 꺼내어 내밀며 말했다.

"하여 제 생일 연회에 국주님과 표국 분들을 초대하고자 이리 방문했습니다."

국주님은 흐뭇한 미소를 지으며 고개를 주억거렸다.

"암, 우리의 미래이신데 당연히 참석해야죠."

"네? 미래라니요?"

내 반문에 사부님께서 헛기침을 하셨다.

"험험. 그렇게 되었습니다."

"아······."

그제야 무슨 상황인지 이해가 갔다.

사부님께서 나에 관해 이야기를 하신 것이다.

하긴, 조사님께서 남긴 활동자금을 전해 드렸으니 국주님께 말씀드리지 않을 수가 없겠지.

"덕분에 저희의 활동에 숨통이 트였으니, 참 감사한 일이지요."

"그게 제 덕이겠습니까? 조사님 덕분이지요."

그렇게 이런저런 이야기를 나누다가 하 소저 이야기로 주제가 넘어갔다.

"그런데, 형님께서는 하 표사에게 마음이 확실히 있으신 겁니까?"

하 표사에 대해 어떻게 이야기를 꺼낼까 고민했는데, 국주님이 먼저 이야기를 꺼내 주셔서 고마웠다.

"아무래도 그런 듯합니다. 사실 제 형님이 관심이 없는 것에는 진짜 무관심하거든요. 그런데 국주님까지 아실 정도면 확실하네요."

"그렇다면 다행이군요. 허면…… 상단주님 내외분의 의향은 어떠실 것 같습니까?"

아버지와 어머니의 의향이라, 확실히 국주님 입장에서는 신경이 쓰일 수밖에 없겠지.

하 소저는 평범한 표국 표두의 딸이니까.

"저희 부모님께서는 그런 건 신경 쓰지 않으십니다. 그리고 정략혼을 권장하는 가풍도 아니고요."

당장 큰형수만 해도 작은 무관의 딸이셨지 않은가.

그리고 이 정도면 아버지와 어머니도 아실 거 같은데.

진호 형이 먼저 말할 때까지 기다리고 계시는 건가?

"그럼 다행입니다만……."

"하지만 저는 그것보다 다른 것이 걱정입니다."

"……?"

내 말에 국주님과 사부님이 나를 보셨다.

"조금 뜬금없을 수도 있겠지만, 하 표사께서 진맥을 받아 봤으면 합니다."

"진맥이라니? 그 아이가 어디 아픈 곳이라도 있다는 의미입니까?"

"제가 확실하게 말씀드리기는 어렵습니다만, 아까 하표사와 인사를 나누었을 때 무언가 걸리는 게 있었습니다. 이왕이면 흑적의선 어르신을 초빙해서 진맥을 받아 보면 좋겠습니다."

내 말에 두 분의 얼굴이 심각해지셨다.

이 정도면…… 어느 정도 판은 만들어진 거겠지.

나는 두 사람에게 작별 인사를 하고는 창인표국을 나왔다.

이제는 잡화점 노인에게 찾아갈 차례다.

"왔냐?"

노인은 의자에 앉아 밖을 내다보고 있다가 나를 보자마자 한마디를 던지셨다.

퉁명스럽게 느껴질 수도 있지만, 그 목소리에서 반가움이 느껴졌다.

나는 옷소매에서 초대장을 꺼내 내밀며 말했다.

"제 생일 연회를 여는데, 오실 거죠?"

"생일 연회? 생일은 벌써 지났지 않느냐?"

"네. 그랬죠."

역시 내 생일이 언제인지 알고 계시는구나.

"그런데 제 생일이 언제인지 아시면서 제 생일선물도 안 챙겨 주시는 겁니까?"

"너는 내 생일 선물 챙겨 준 적 있느냐?"

"……."

아, 그러네.

"생신이 언제인지도 모르는데 어찌 챙겨 드립니까? 그리고 말해 주신 적도 없지 않습니까?"

"물어봤느냐?"

안 물어봤구나.

"생신이 언제입니까? 이제부터라도 챙겨드리겠습니다."

"네가 직접 알아 봐라."

"네?"

"내 진짜 생일이 언제인지 알아내면 좋은 기물 하나 챙겨 주마."

"꼭 알아내겠습니다."

그런데 그냥 생일도 아니고 진짜 생일이라고 하신 것을 보면 대부분의 이들이 알고 있는 생일이 가짜 생일이라는 의미인데…….

"그래서, 제 생일 연회에 안 오시는 겁니까?"

내 물음에 노인은 얼른 초대장을 낚아채며 말했다.

"안 바쁘냐? 얼른 가라."

"네. 갑니다. 가요."

나는 피식 웃었다. 여전히 솔직하지 못하시네.

자리에서 일어나자 노인이 말했다.

"그건 그렇고, 이번에도 제법 활약했다고 들었다. 남궁세가의 그 애새끼를 묻어 버렸다고."

"제가 직접 한 건 아닙니다만…… 그리고 그건 자업자

득이었습니다."

황제의 명에 의해서 추포된 것이니까.

"왜 그런 것에 별 관심이 없으셨던 분이 관심을 가지셨을까?"

"네?"

"네가 참가했기 때문이라고 생각되지 않느냐?"

"아……."

나는 뺨을 긁적였다.

일리가 있는 말이었기 때문이다.

"그러니까 결국, 네가 남궁세가의 그 녀석을 묻어 버린 것이지."

그게 그렇게 되나?

그런데 묘하게 노인의 말투에 날이 서 있는 듯했다.

"혹시, 남궁세가를 안 좋아하십니까?"

"……."

대답하지 않았지만, 답을 들은 듯했다.

"흠흠, 저는 이만 가 보겠습니다. 그럼, 제 생일 연회 때 뵙겠습니다."

"가든지 말든지."

네네.

나는 피식 웃으며 잡화점을 나섰다.

.

.

.

이번 내 생일 연회는 십일월 말일로 잡았다.

아무래도 멀리서 오시는 분도 계시니 조금 여유를 둔 것이다.

그리고 생일 연회를 닷새 앞둔 날.

운기조식을 마치고 자리에서 일어났을 때 사부님께서 내 별당으로 들어오셨다.

"오셨습니까?"

"네."

그런데 사부님의 표정이 별로 좋지 않았다.

혹시?

"어제 제 장인이 오셨습니다. 그리고 국주님의 말대로 수민이의 진맥을 부탁드렸죠."

사부님이 잠시 말을 끊었다가, 나를 빤히 바라보며 물으셨다.

"어찌 아신 겁니까?"

"무슨 말씀이십니까?"

"수민이의 상태를 어찌 알고 장인어른께 진맥을 받으라고 하신 겁니까?"

"……어떤 상태입니까?"

사부님은 무거운 표정으로 답하셨다.

"삼음절맥입니다."

"하지만 절맥증이라면……."

"예, 보통 절맥은 겉으로 드러나기 마련이죠. 하지만 수민이의 경우 숨겨진 삼음절맥이라는 희귀한 상태이기

에, 병이 드러날 정도면 이미 손을 쓸 수 없는 상태였을
거라 하시더군요."

사부님이 한숨을 내쉬며 말을 이으셨다.

"대체 어찌 아신 겁니까?"

"사실, 어제 그 표사님을 보았을 때 저도 모르게 답답
함이 느껴졌습니다. 마치 뭔가 꽉 막힌 듯 말이죠. 그래
서 뭔가 상태가 좋지 않음을 알아차렸습니다."

"……."

"하지만 겉보기에는 건강해 보이기에 흑적의선 어르신
을 초빙하는 게 좋겠다고 말씀드렸던 겁니다."

"그러셨군요."

"저도 잘 모르겠지만, 아마 제 체질 때문에 다른 이들
이 느끼지 못한 것을 느낀 게 아닌가 싶습니다."

"그 체질이라면, 그렇군요."

어느 정도 납득된다는 표정.

"그나저나 병을 일찍 발견한 것은 다행이지만, 하 표두
님께서 상심이 크시겠군요."

"아무래도 그렇지요. 그래도 치료 방법이 있다니 다행
입니다."

"역시 흑적의선 어르신이시군요."

"하지만 다 해결된 것은 아닙니다. 치료를 위해 높은
수준의 양기의 영약이 필요하다고 합니다."

그 말에 나는 씨익 웃었다.

그거라면 문제없다.

저번에 낙양에 다녀올 때 대별산에 들러서 천향로주를 얻었었다.

그 어떤 절맥증이라도 고칠 수 있는 영약.

그곳에서 얻은 천향로주는 총 세 병이었고, 그중 한 병은 민익 장주의 아들에게 주어 그 병을 고치게 했다.

그리고 반 병은 다른 술에 섞어서 주변 사람들에게 선물로 주었다.

원래 연회를 베풀겠다고 약속하기는 했지만, 마땅히 시간이 나지 않았기 때문이다.

그때 같이 있었던 사람들과 가족들, 그리고 각주님들에게 섞은 술을 각각 한 병씩 선물했다.

반병만으로 그 많은 사람들에게 선물이 가능했던 이유는 천향로주의 풍미와 향이 그만큼 진하기 때문이다. 다른 술과 몇십 대 일로 섞어도 괜찮을 정도로.

하여 그렇게 선물을 하고도 내 창고 안에는 희석한 술이 제법 남아 있었다.

물론 술을 선물 받은 모두가 하나같이 호평했다.

하여 남은 순수한 천향로주는 한 병 반이다.

하수민 소저의 병은 삼음절맥.

같은 절맥이지만, 구음절맥처럼 심각한 절맥은 아니었다. 보통 절맥이면 열여덟 살을 넘기지 못하는데 하 소저는 삼음절맥이었기에 스무 살 즈음에 명을 달리한 거다.

그렇다면 천향로주 반 병 정도면 충분할 터.

아무리 좋은 영약이라고 해도 너무 많이 먹는 것은 좋

지 않다.

청빙설매실을 먹고 직접 체감해 본 적이 있으니까.

자칫하면 그때 생을 마감할 뻔했다.

하지만 그걸 내가 직접 하 소저에게 줄 생각은 없다.

원래 모든 이야기에는 주인공이 있기 마련이다. 그리고 진호 형과 하 소저의 이야기의 주인공은 내가 아니라 진호 형이다.

그러니, 진호 형이 하 소저에게 줘야겠지.

수련을 마치고 나는 아침을 먹기 위해 식당으로 향했다.

이따가 업무가 시작되기 전에 잠시 진호 형의 별당으로 가서 천향로주를 주면 되겠지.

식당으로 가자 아버지께서는 이미 앉아 계셨다.

"늦었습니다."

"아니다. 나도 방금 왔다. 앉거라."

"네."

자리에 앉자, 다른 가족들이 하나둘 모이기 시작했다.

그런데…… 다들 착석하고도 진호 형이 오지를 않았다.

"진호가 많이 늦는구나."

"알아보겠습니다."

조부님의 말씀에 아버지가 시종을 불렀다.

잠시 후, 아버지의 시종은 당황한 표정으로 달려와 말했다.

"저…… 문제가 생겼습니다."

"무슨 일이냐?"

"그게…… 둘째 소단주님께서 자리에 계시지 않는다고 합니다. 그리고……."

머뭇거리던 그는 서신 하나를 내밀었다.

"이게 탁자 위에 있었다고 합니다."

아버지는 그것을 받아 읽더니, 이마에 손을 대며 한숨을 내쉬셨다.

"하, 이 자식이……!"

"왜 그러십니까? 아버지?"

정호 형의 물음에 아버지는 손에 들고 있던 서신을 내밀었고, 형은 그것을 받아 펼쳤다.

나는 얼른 자리에서 일어나 형의 뒤에서 서신을 읽었다.

[저는 영약을 찾아 떠납니다. 하수민 소저가 삼음절맥이라고 합니다. 그리고 소저를 살리기 위해서는 양기의 영약이 필요하다고 합니다. 저는 하수민 소저 없이는 살 수가 없…….]

아…….

잊고 있었다. 진호 형의 추진력을.

아니, 그래도 이건 너무 빠르잖아.

이미 나에게 삼음절맥을 고칠 영약이 있는데 그걸 찾으

러 갔다니.

아이고, 진호 형. 그거 아니야.

그거 헛고생이야.

한편으로는 진호 형이 하 소저에게 얼마나 진심인지를 알 수 있었다.

난데없는 진호 형의 가출 때문에……

이것도 가출이라고 해야 하나?

아무튼, 진호 형의 돌발행동 때문에 잠시 소란이 벌어졌지만 다들 진정하고 아침을 먹었다.

진호 형이 어디 가서 객사할 사람은 아니라는 것을 가족들 모두가 알고 있으니까.

.

.

.

아침을 먹고 현풍국의 집무실에서 일을 처리하기 시작했다.

하지만 영 집중이 되질 않았다.

그래도 애써 정신을 차리고 계속 업무를 하던 중, 조영영 부관이 나를 찾아왔다.

"상단주님께서 부르십니다."

"네?"

나는 고개를 갸웃하며 조영영 부관을 따라 아버지의 집무실로 향했다.

그나저나 조 부관은 아직도 유 총관을 마음에 두고 있

는 것 같은데…… 이것도 나중에 알아봐야겠네.

"현풍국주, 도착했습니다."

"들라 해라."

집무실 안으로 들어가자, 아버지께서 정신없이 서류를
보고 계셨다.

"……."

잠시 기다리자, 아버지께서 고개를 들며 보던 서류를
내려놓으셨다.

그리고 마른세수를 하고는 내게 단도직입적으로 물으
셨다.

"금령이라고 했나?"

"아…… 네."

"일을 시키려면 은자를 줘야 한다고 들었다."

"맞습니다."

전에 한 번 정도 말한 것 같은데, 그걸 기억하고 계시
네.

탁,

아버지가 은자를 몇 개 꺼내 내미셨다.

"진호를 찾아오거라."

"네?"

"그 먼 곳에서도 정확하게 나에게 서신을 전하는 것을
보면, 대상자가 어디에 있든지 알아낼 수 있는 능력이 있
다고 본다. 아니냐?"

맞다.

그 능력이 있었기에 저번에 납치당했던 금 행수를 구할
수 있었지.

"그러니 가서 네 형, 데리고 와라."

바라던 바다.

안 그래도 진호 형을 찾으러 가고 싶어서 일에 집중이
안 됐는데, 이렇게 명분을 만들어 주시다니.

"진호가 하 소저를 연모하는 건 알고 있었지만, 이렇게
까지 그 마음이 깊은 줄은 몰랐구나."

"……."

"그래도 무작정 대책 없이 움직이는 건 득이 되지 못한
다. 영약이라면 우리 상단에서 알아볼 수 있고 말이지."

아버지의 말씀이 맞다.

우리 은해상단의 주력 상품이 바로 약재다.

그래서 영약이라 불리는 것들도 상단 차원에서 구할 수
있는 것이고.

그래서 지난 삶에서 내가 냉영십초를 구해 먹을 수 있
었기도 하다.

진호 형도 그걸 모르지 않을 텐데, 이리 돌발행동을 한
건 아마도 상단에 폐를 끼치고 싶지 않다는 의미겠지.

하지만 사전에 말도 하지 않고 갑작스럽게 자리를 비운
것만으로도 이미 폐를 끼칠 대로 끼쳤는데 말이지.

"아직 일 년 정도는 시간이 남았다고 하니, 지금부터
알아보면 될 것이다."

"네?"

그걸 아버지가 어떻게 알고 계시지?

내 반문에 아버지가 헛기침을 하셨다.

"사실, 조금 전에 창인표국의 국주와 하 표두가 찾아왔었다. 그래서 이것저것 물어봤었지."

영약을 구해 달라는 부탁을 하기 위해 오셨구나.

"그리고 진호가 집을 나선 것을 알고 있더구나."

진호 형이 하 소저를 위해 영약을 찾으러 가출을 감행했다는 소문이 거기까지 퍼졌구나.

잠깐…….

우리 은해상단의 보안이 그리 허술하지는 않은데 어떻게 이렇게 빨리 소문이 퍼진 거지?

아버지가 한숨을 내쉬셨다.

"하 소저에게 서신을 보냈다고 하더구나. 반드시 영약을 찾아오겠다고."

"……."

아이고, 진호 형.

"우리 상단에서 영약을 찾는 데 도움을 주기로 했다."

"그러셨군요."

"아무튼, 금령의 능력이 있다면 진호를 찾는 데 그리 오래 걸리지 않을 터. 네 생일 연회가 열리기 전까지 가능하지 않겠느냐. 그러니 어서 데리고 와라. 사고 치기 전에."

"네."

"아, 그리고 네 둘째 형을 찾으면 나 대신 정강이 좀 시원하게 걷어차 주거라.”

나는 현풍국으로 돌아오자마자 팔갑과 호위무사들에게
내일 떠날 준비를 하라고 지시했다.
그리고 일을 최대한 빠르게 처리하기 시작했다.

.

.

.

다음 날 아침.
준비를 마친 나는 가족들에게 다녀오겠다고 인사를 하
고는 상단을 나섰다.
그리고 소매를 툭 쳤다.
“금령아. 나와 봐.”
“꾸이?”
“진호 형을 찾아야 하거든.”
“꾸?”
나는 금령에게 어제 아버지께 받은 은자를 내밀었다.
금령은 그걸 날름 삼키더니 코를 쿵쿵거렸다.
진호 형이 쓰던 물건을 달라는 거구나.
진호 형의 옷을 꺼내자, 그것에 코를 대고 쿵쿵거리던
금령은 곧 방향을 잡았다.
“아! 잠깐!”
나는 얼른 미리 준비한 서신을 금령의 꼬리에 매달아
주었다.

"이제 가도 돼."

금령은 남동쪽을 향해 달려갔고, 우리는 금령이 달려간 쪽으로 빠르게 이동했다.

그리고 점심을 먹을 때쯤에 금령이 돌아왔다.

한 시진 반 정도 걸린 것을 보니 생각보다 멀리 간 듯했다.

그래도 진호 형이 그 자리에 멈추기만 한다면 충분히 금방 만날 수 있겠지.

* * *

은진호는 서신을 보며 귀밑을 긁적였다.

방금 전 요상한 동물 하나가 자신에게 전한 서신이다.

'서호가 보낸 거구나. 그러고 보니 서호가 작은 돼지 한 마리를 키운다고 하던데, 그게 영물이었나?'

자신이 생각해도 은서호는 참 신기한 녀석이었기에, 영물 한두 마리 키운다고 해도 뭔가 납득이 갔다.

서신에는 익숙한 글씨체로 내용이 적혀 있었다.

[진호 형, 사정은 이해하지만 그래도 이렇게 갑자기 집을 나가면 어쩌자는 거야? 지금 가족들 모두 걱정하고 있어.]

하 소저가 삼음절맥이고 곧 죽는다는 말에 그 어떤 것도 생각할 수 없었다.

정신을 차려 보니 자신은 이미 양기의 영약을 찾기 위해 집을 나선 후였다.

가족들이 자신을 걱정할 거라는 건 알고 있었지만, 어쩔 수 없다고 스스로를 합리화했다.

그리고 왜 떠나는지 서신도 놔두고 왔고.

표행을 위해 온 창인표국의 표사들 중에서 그녀를 처음 봤을 때만 해도 그러려니 했다.

하지만 여정이 계속될수록 그녀는 그의 마음에 들어오기 시작했다.

지금 그는 하수민이라는 여자로 온통 가득 차 있었다.

그녀가 세상에서 사라진다는 생각을 하자 가슴이 미어져서 숨을 쉴 수가 없었다.

그는 미간을 찌푸리며 서신을 마저 읽어 나갔다.

[양기가 담긴 영약이 어디에 있는지도 모르면서 그렇게 다니다가 진짜 큰일 난다고.]

그 문장에 은진호는 한숨을 내쉬었다.

"어쩔 수 없잖아. 뭐라도 해야지. 수소문하다 보면 영약을 찾을 수 있겠지. 그렇다고 염치없이 상단에 영약을 구해 달라고 할 수도 없…… 응?"

그는 푸념을 끝맺지 못했다.

마지막 문장이 그의 시선을 빼앗았기 때문이다.

[영약, 어디 있는지 내가 알고 있으니까 거기서 꼼짝말고 기다리고 있어!]

＊　＊　＊

　　얼마나 갔을까?

　　나와 일행은 금령이 이끄는 대로 말을 달렸다.

　　가도 가도 진호 형이 보이지 않았기에 금령이 제대로 우리를 이끄는 건가 살짝 의심도 들었다.

　　하지만 돈을 먹은 금령은 일 하나는 확실히 하는 녀석.

　　그만큼 진호 형이 멀리 갔다는 뜻이겠지.

　　그렇게 얼마나 갔을까?

　　날이 어둑어둑해지고 있었다.

　　"주군, 이제 슬슬 야숙할 곳을 찾아봐야 할 듯합니다."

　　서우 무사의 말에 나는 고개를 끄덕였다.

　　"그러네요. 이 형은 도대체 얼마나 멀리 간 건지……."

　　그렇게 투덜거리던 중, 저 멀리 작은 불빛이 보였다.

　　이런 산속에 웬 불빛이지?

　　그때 이를 본 금령이 꼬리를 흔들었다.

　　혹시?

　　나는 서둘러 그곳으로 향했고, 이내 익숙한 기운을 느꼈다.

　　그래도 하루 만에 찾았구나!

　　"형!"

"어? 서호냐?"

나는 말에서 내렸고, 모닥불 앞에 앉아 있다가 막 자리에서 일어난 진호 형에게 다가갔다.

그리고 그 다리를 냅다 차 버렸다.

퍽-!

"윽!"

여기에 내 사심이 아주 조금 들어 있긴 했지만, 나는 아버지의 명을 충실하게 이행했을 뿐이다.

"아버지가 형을 만나면 정강이를 차 주라고 하셨거든."

"허……."

지은 죄가 있기에 진호 형은 다리를 매만질 뿐이었다.

"뭘 잘못했는지는 알지?"

"험험, 미안하다."

"저녁은…… 먹었어?"

"아직……."

고개를 돌려 진호 형이 타고 온 말을 보았다. 어지간히도 급하게 나갔는지 정말 딱 기본적인 짐들만 실려 있었다.

그래도 맨몸으로 가출하지 않은 게 어디야.

팔갑을 보자, 고개를 끄덕이며 대답했다.

"객잔에 들려서 사 온 만두가 있습니다요. 얼른 준비하겠습니다요."

잠시 후, 우리는 모닥불에 데운 차와 만두를 저녁으로 먹었다.

"그런데……."

아무 말 없이 만두를 먹고 있던 그때, 진호 형이 입을 열었다.

"진짜냐?"

"뭐가?"

"아니, 네가 서신에다가 썼잖아. 하 소저의 병을 고칠 수 있는 영약이 어디에 있는지 네가 알고 있다고. 그거 진짜냐고?"

"응. 맞아. 진짜야."

"그래서 어디냐? 거기가?"

그 물음에 나는 한숨을 내쉬며 물었다.

"왜? 알려 주면 찾으러 가려고?"

"당연하지! 나는 하 소저를 살릴 거다! 하 소저가 없다면 나는……."

하 소저가 죽은 후의 진호 형을 기억하고 있기에 나는 씁쓸한 표정을 지었다.

"왜 그런 표정이냐?"

"아니, 그냥…… 꼭 혼인 하라고."

"그럴 거다."

나는 잠시 머뭇거리다가 입을 열었다.

"사실, 그 영약…… 나에게 있어."

"뭐?"

"내가 가지고 있다고, 그 영약."

"……."

진호 형은 자신이 무슨 말을 들었는지 잘 이해하지 못
한 듯 눈을 끔뻑끔뻑했다.

"전에 우연히 얻은 영약이 있거든. 하 소저가 삼음절맥
이라는 말을 듣자마자 그 영약이 생각나서 형에게 주려
고 했는데…… 이미 형이 상단에 없더라?"

"……."

"빨라도 너무 빨랐어."

내 말에 진호 형은 천천히 나에게 말했다.

"그럼 뭐야? 그러니까 나는……."

"응. 헛고생한 거야."

"……."

진호 형은 그대로 무릎에 얼굴을 파묻었다.

형이 생각해도 부끄러운 모양이네.

나는 등을 부드럽게 두들기며 말했다.

"이거 받아."

"이게 뭐야?"

"천향로주. 어떤 절맥증이든 고칠 수 있는 효능이 있는
영약이지."

내 말에 진호 형의 눈시울이 글썽였다.

"그래서 말인데, 형. 이렇게 된 거 우리 연극 하나 해
볼까?"

내 말에 진호 형이 고개를 갸웃했다.

"연극이라니? 무슨 의미야?"

나는 만두를 마저 먹고 차를 마신 후 진호 형에게 설명했다.

"형, 내가 준 그 천향로주는 무가지보야."

"그렇겠지."

"그런데 그걸 구해 왔다는데, 과연 소문이 안 날까?"

"나겠지."

벽에도 귀가 있다고, 어떻게 알았는지 소문은 금방 퍼지곤 한다.

그래서 나무를 숨기려면 숲에 숨기라고, 헛소문을 퍼뜨려 진실을 숨기는 거다.

특히 진호 형의 일은 남 일로 수군대기 좋아하는 이들에게는 최고의 술안주다.

"그러면 사람들은 이에 대해서 어떻게 반응할까?"

"영약을 빨리 찾아서 다행이다?"

역시……

너무 예상대로인 답변이었다.

"아니, 분명히 의심하는 이들이 있을 거야."

"의심한다고?"

"응. 생각해 봐. 영약을 구하러 집을 나섰는데 하루 만에 영약을 찾아 왔다고 하면, 그걸 쉽게 믿을 거 같아?"

그제야 형도 이해가 간 듯 고개를 주억거렸다.

"그렇긴 하네."

"물론 진짜 영약이라서 병을 고치는 데는 문제 없겠지만, 그 구해 오는 과정에 분명히 말이 나올 거야."

"내가 이미 그 영약을 가지고 있었거나, 가문에 영약이 있었다고 생각할 수 있다는 거지?"

"그 정도면 차라리 다행이지. 우리가 누군가에게서 영약을 빼앗은 거 아니냐는 얘기가 나올 수도 있어."

나는 한숨을 내쉬며 말했다.

"형도 알잖아. 우리처럼 빠르게 성장 중인 상단을 시기하는 사람들이 많다는 걸."

"그야 잘 알지."

처음, 사람들은 진호 형이 영약을 얻어 하 소저를 살린 일에 대해 '대단하다'라고 생각할 거다.

하지만 은해상단에 악의를 가진 이들이 "정말 그게 정당한 방법으로 얻은 것일까?", 또는 "은해상단에 숨겨 둔 영약이 많은 거 아닐까?"와 같이 의혹을 제기하기 시작한다면 정말 골치 아파진다.

사람이란, "행복하게 잘살고 있다네."라는 말보다 "어젯밤 대판 싸웠대."라는 말에 더 솔깃해하는 법이니까.

사람 셋이 모이면 없는 용도 만든다는 말이 있다.

생각보다 소문의 힘은 무섭다.

전에 소문 때문에 자무인형의 판매량이 급감했던 것을 생각하면 절대 웃을 일이 아니다.

그리고 그렇게 소문이 한 번 나 버리면 수습하는 데 시간과 돈이 많이 든다.

"그러니까 연극이 필요하다는 거야."

나는 말을 이었다.

"형과 하 소저의 이야기에 악의적인 생각을 한 누군가가 흠칫하며 스스로 '난 쓰레기야!'라고 자책할 정도로 감동적인 이야기로 말이지."

하아,

물론 애초부터 비밀리에 영약을 주고받았으면 이렇게 귀찮게 일할 이유도 없지만.

문제는 진호 형이 너무 화려하게 일을 저질러 버렸다는 거다.

동네방네 소문이 다 나 버린 상황에서 진호 형이 조롱 거리가 되지 않으려면 영약을 가지고 돌아와야 한다.

그러면서 동시에 사람들이 의혹을 제기하기 힘들 정도 로 타당한 과정을 만들어야 한다.

"그래서, 내가 어떻게 하면 되는 건데?"

"응, 미친 영물 한 마리 잡으면 돼."

"······뭐?"

뜬금없는 말처럼 들릴 수도 있지만, 이미 진호 형을 찾 으러 오면서 생각했던 거다.

적당한 악역도 생각해 놨고.

이왕 하는 연극, 화려하게 하면 좋잖아.

그런데 진호 형.

왜 나를 그런 눈으로 보는 건데?

나 상처받잖아.

.

.

.

나는 금령을 시켜 아버지에게 서신을 보냈다.

진호 형을 찾았고, 내 생일 연회 전날 돌아갈 테니 걱정하지 말라는 그런 내용이다.

이번 생일 연회에는 인근의 유력자들이 대부분 모일·터.

소문을 막을 수 없다면, 그 소문을 왜곡하지 못하도록 하는 것도 방법이다.

다음 날 아침.

우리는 새벽같이 출발할 준비를 했다.

"그러니까 복룡산 자락에 미친 영물이 있다는 거지?"

"응. 맞아."

우리는 복룡산 쪽으로 향했다. 그곳에는 영물 한 마리가 있다.

그 영물이 진호 형이 주인공인 연극의 악역이다.

조용히 잘 살고 있는 영물을 악역으로 몰아 사냥하는 것은 아니다.

마침 근방에 처리하면 좋을 영물이 있었으니까.

혈조호(血爪虎).

피를 탐하는 호랑이다.

다른 호랑이보다 훨씬 날카롭고도 긴 발톱을 가졌을 뿐만 아니라 무척 날렵한 놈이다.

지금까지는 다른 동물들을 잡아먹으며 살았기에 그다지 큰 피해는 없었다.

하지만 지난 삶에서 제갈세가가 멸문당하고 무림맹에서는 조사를 위해 복룡산을 들쑤시고 다녔다.

그때 녀석은 자신의 영역으로 들어온 무사들을 꿀꺽했다.

녀석은 처음으로 먹은 사람의 맛이 마음에 들었던 모양인지 산 아래의 민가를 습격하기 시작했다.

결국, 백여 명에 달하는 인명 피해가 발생하고 나서야 무림맹에 의해 처리되었다.

웃긴 일이다.

무림맹 때문에 일이 벌어지고, 결국 무림맹이 영물을 처리했으니 말이다.

그 일로 인해 무림맹 무사들을 이끌던 조장은 참호검웅(斬虎劍雄)이라는 명호를 얻게 된다.

다른 무사들을 희생시켜 힘을 다 빼놓은 뒤 마지막에 자신이 잡은 것처럼 했다는 사실이 뒤늦게 알려졌지만.

아무튼, 언제라도 인간의 고기 맛을 보게 된다면 인명 피해를 끼칠 위험한 놈이다.

그러니 미리 놈을 제거하면 미래의 혈겁도 막고, 진호 형의 명예도 높일 수 있으니 일석이조 아니겠는가.

마침 진호 형의 실력으로도 무리가 아닌, 적당한 상대이기도 하고.

"그런데 저 복룡산에 미친 영물이 있다는 건 어떻게 알았는데?"

나는 배시시 웃으며 대답했다.

"금령이가 알려 줬어."

"아, 그 요상한 돼지 말이구나?"

진호 형의 말에 금령이가 내 소매 속에서 꿀꿀거리며

항의했다.

나는 금령을 토닥이며 말했다.

"그래도 나름 귀엽다고."

"그래그래."

그렇게 꼬박 하루를 달려 복룡산에 도착했다. 그리고
기억을 더듬어 놈이 있을 만한 곳을 찾았다.

보통 햇빛이 잘 내리 찌는 바위지대를 선호하는 호랑이
와 달리, 혈조호는 으슥한 숲속을 좋아했다.

다행히 금방 녀석을 찾을 수 있었다.

"저기 있군요."

서우 무사의 말에 나는 고개를 끄덕였다.

저 앞에서 한 마리의 검붉은색 호랑이가 우리를 노려보
고 있었다.

"진호 형."

"응?"

"잘해 봐. 그리고 걱정하지 마. 혹시라도 버거울 것 같
으면 서우 무사와 진유 무사가 지원해 줄 테니까."

"아니, 필요 없어."

진호 형은 내가 선물해 준 창, 청룡무를 꽉 쥐었다.

"나 혼자 상대할 수 있을 것 같아."

혈조호라는 호적수를 만난 진호 형의 얼굴에는 희열이
가득했다.

역시, 진호 형은 천상 무인이다.

"크아아아악-!"

혈조호가 우리에게 달려들었고, 진호 형이 혈조호를 향해 달려가며 창룡무를 휘둘렀다.

까앙-!

창룡무와 혈조호의 날카로운 발톱이 부딪치며 불꽃이 튀었다.

사방의 나무가 휘청할 정도의 충격파였음에도 진호 형의 창은 멀쩡한 것을 보니, 염씨 노장…….

돈을 준 만큼 제대로 만들었구나.

그렇게 속으로 감탄하는 사이 진호 형과 혈조호의 전투는 치열하게 이어졌다.

서우 무사가 조금 놀란 표정으로 중얼거렸다.

"생각보다 둘째 소단주님의 실력이 상당하군요."

"제 생각보다도 더 실력이 좋긴 하네요."

"저 정도라면…… 오래지 않아 완전히 절정에 들 수 있을 듯합니다. 지금 일류와 절정의 경계에 서 있는 듯 보입니다."

평소 무공을 연마하는 것이 아닌, 실전에서 부딪치는 모습을 보니 진호 형의 진짜 실력을 알 수 있었다.

내가 알기로 진호 형은 일류에 든 지 제법 되었다.

그리고 실전에서의 진호 형은 절정 초입에 든 무사 못지않은 모습을 보였다.

역시 진호 형은 실전에 강한 듯했다.

그러면 좀 더 강한 영물을 생각해도 될 뻔했나?

아니지, 아니지.

이건 그냥 연극의 일환일 뿐이고, 괜히 무리할 필요가 없다.

무림에 그런 격언이 있지 않은가.

실력의 삼 할은 숨기라고.

"아직 서른 살도 되지 않았음에도 이 정도 수준이라니, 이거 놀랍군요."

서우 무사의 말에 모두 고개를 끄덕였다.

진호 형이 자신에게 맞는 무기를 빠르게 찾아 그에 맞는 수련을 했기에 이전 삶보다 성장이 훨씬 빠른 게 아닌가 싶다.

쿵—!

"허억, 허억, 끝났다!"

약 한 식경 정도의 시간이 흐르고, 진호 형은 결국 혈조호를 쓰러트렸다.

"수고했어, 형. 대단하네. 진짜 그걸 혼자 쓰러트리다니!"

내 말에 진호 형은 창룡무를 보며 말했다.

"그냥, 왠지 질 것 같지 않다고 할까? 그런 느낌을 받았거든."

나는 피식 웃으며 진호 형의 어깨를 쳤다.

"그럼 이제 가자."

.

.

.

내 생일 연회를 하루 앞둔 날.

나는 전날에 미리 상단에 돌아왔다.

진호 형이 주목받아야 하는 자리인데, 내가 옆에 있으면 시선이 분산되어 버리니까.

그리고 나에게는 바람잡이의 역할이 있다.

나는 내 생일 연회에 참석하기 위해 온 이들에게 인사를 하며 넌지시 말했다.

"야외에서 차 마시기 좋은 날인데, 정원에서 차 한잔 어떠십니까?"

"그거 좋지."

접빈실 바로 옆에 누각이 하나 있었는데, 그곳에 올라가면 대문 쪽이 훤히 보인다.

예상대로 제갈세가에서는 태상가주님과 제갈유아 소저가 왔다.

하지만 사천당가의 손님은 조금 예상에서 빗나갔다.

태상가주님과 당조웅만이 아니라 당수빈 소저까지 왔으니까.

이제 만결의선 노릇은 그만두시는 건가?

누더기를 입고 계시다가 이렇게 번듯한 옷을 입고 계신 것을 보니 살짝 적응이 되지 않았다.

아무튼, 무림의 거대 세가인 제갈세가와 사천당가의 거두들이 함께하는 자리다.

그들에게 눈도장을 찍을 수 있는 기회이니 다들 마다하지 않았다.

그렇게 손님들과 누각에 올라 차를 마시며 담소를 나누었다.

이제 슬슬 진호 형이 도착할 때인데…….

"에그머니나!"

"저게 뭐야?"

"흐익!"

사람들이 놀라며 당황하는 소리가 들려왔다.

이제 왔구나.

나는 아무것도 모른다는 표정으로 팔갑을 불렀다.

"이게 무슨 소리지?"

"즉시 알아보겠습……."

"아니, 가지 않아도 될 거 같군. 다들 경계하는 것이 아니라 당황해하는 모습일세. 아는 사람인 듯하군."

제갈세가의 태상가주가 대문 쪽을 바라보며 말했고, 나는 반색하며 말했다.

"어? 둘째 형님이 돌아오신 모양입니다."

"오! 그 영약을 찾으러 가출했다는 친구 말인가."

어르신도 소문을 들었는지, 곧바로 정체를 알아챘다.

"네. 그렇습니다. 갑자기 떠나는 바람에 걱정이 많았는데…….."

만결의선 어르신이 눈에 내력을 집중해서 보더니 고개를 갸웃했다.

"몸은 멀쩡해 보이는군. 그런데…… 끌고 온 것은 뭐

지? 웬 호랑이를 가져온 것 같은데…… 설마, 영물인가?"

"영물이요?"

"그래, 이럴 게 아니라 직접 가 보세."

만결의선 어르신이 먼저 움직였고, 모두 그를 뒤따라 대문으로 향했다.

나는 마지막으로 그 뒤를 따르며 속으로 미소를 지었다.

만결의선 어르신도 예상대로 움직여 주시네.

마침 아버지께도 연락이 들어갔는지, 우리가 도착했을 때 아버지도 나오셨다.

털썩.

진호 형은 그 앞에 무릎을 꿇었다.

"아버지, 소자 돌아왔습니다."

"……어찌 된 것이냐?"

진호 형의 몸은 온통 피로 물들어 있었다. 물론 진호 형의 피가 아니라 혈조호의 피다.

"혈조호라는 영물입니다. 이 영물을 베고 이 영물이 독점하고 있던 영약을 찾아 왔습니다."

그 말에 주변을 둘러싸고 있던 이들이 감탄하며 웅성거렸다.

"뭐? 진짜 영약을 구했다고?"

"그럼 진짜겠지! 저 무시무시한 놈을 봐!"

"이야, 둘째 소단주도 대단하네! 저런 놈을 베고 진짜 영약을 찾아왔다니!"

내 예상대로 사람들의 반응은 뜨거웠다.

그때 영물을 천천히 살펴보던 제갈세가의 태상가주와 만결의선 어르신이 말했다.

"아주 제대로 급소를 찔렀소."

"저 창으로 입힌 상처 같소이다. 혼자서 버거웠을 텐데."

"하지만 다른 이가 손댄 흔적이 없으니……."

"허…… 대단하구만."

두 분은 마주 보며 고개를 주억거렸다. 두 분이 인정한 이상, 다른 사람들은 아무 말도 못 할 터.

물론 형이 직접 처리한 게 맞기도 하고.

"이 녀석은 어디서 잡았는가?"

"복룡산에서 잡았습니다."

만결의선 어르신의 물음에 진호 형이 대답했고, 이에 제갈세가의 태상가주를 보았다.

그곳은 제갈세가의 구역이다.

"영약이든 영물이든, 얻은 사람이 임자이며 잡은 사람이 임자라 생각하오."

"그건 그렇지."

그게 바로 무림에서 통용되는 진리이다.

만결의선 어르신의 눈빛을 보아하니, 놈의 시체를 얻길 원하시는 듯하다.

음, 얼마를 불러야 하지?

그나저나 얼른 이 연극의 또 다른 주인공이 등장해야 할 텐데.

"진호 소단주님!"

딱 적당할 때 나타났다.

"하 소저!"

"아…… 진호 소단주님. 정말, 정말, 저를 위해서……."

"당연한 일이오. 내게 있어 그대가 없는 세상은 아무런 의미가 없소."

두 사람의 애절한 모습에 사람들은 모두 눈시울을 붉혔다.

사실, 하 소저는 이미 알고 있었다.

내가 미리 돌아와 그녀에게 언질을 주며 의향을 물었었으니까.

그녀 역시 진호 형에게 마음이 있다고 답했고, 내 뜻에 따라 주기로 했다.

나는 두 사람의 모습을 보며 흐뭇한 미소를 지었다.

사실 연극이라는 건 배우 역시 중요했다.

하 소저의 생명도 구하고, 진호 형의 명예와 평판도 모두 챙길 수 있었지만, 이건 형이 그간 수련을 게을리하지 않았던 덕분이다.

그러니까 이런 계획을 세울 수도 있었던 거지.

물론 안 해도 될 고생을 하긴 했지만, 좋게좋게 생각하자.

나는 쓴웃음을 지으며 코를 슥 문질렀다.

곧 겨울이라 날이 쌀쌀한데, 형에게는 봄이 왔다.

47장. 양양무관(養梁武館)

양양무관(養梁武館)

내 생일 연회가 끝났다.

많은 분들이 내 생일을 축하하기 위해 찾아오셨고, 나 역시 열심히 그들에게 감사의 인사를 드렸다.

유독 이번 연회에는 아들보다는 딸들을 데려온 분들이 많았다.

그 이유가 너무 뻔해서 연회 내내 속으로 쓴웃음을 삼켰다.

형들과 달리 나는 당분간 혼인할 생각이 없다.

지금 내가 걷는 길은 절대 평범한 길이 아니니까.

부부를 일컬어 인생의 반려자(伴侶者)라고 한다. 그 말은 즉, 짝이 되어 평생 함께한다는 의미이다.

젓가락도 한 짝이 되어야 제 역할을 하고, 신발도 한 짝이 되어야 본연의 역할을 하듯이 부부 역시 함께 인생이라는 길을 걸을 수밖에 없다.

그게 꽃길이든 가시밭길이든.

그렇다고 아무 연관 없는 이에게 그런 복수의 길을 같이 걷자고 강요할 수는 없으니까.

생일 연회를 잘 마무리하고, 일을 하며 지내다 보니 싸늘한 겨울바람이 몰아치기 시작했다.

벌써 십이월이니 당연하려나 싶지만, 작년보다 유독 쌀쌀하다.

비교적 따스한 지역이라고 할 수 있는 이곳 호북성이 이렇다는 건 저 위쪽은 말도 못 하게 춥다는 의미겠지.

북쪽에서 온 분들은 잘 돌아가셨을지 걱정되네.

이번 내 생일 연회 때 오신 손님들에게 답례품으로 털가죽을 선물했다.

토끼 가죽이었지만, 나름 꽤 가격이 나간다.

너무 과한 선물이 아니냐고 하겠지만, 이것도 다 이유가 있기 때문이다.

이번 겨울부터 몇 년간 털가죽으로 만든 옷이나 소품이 없으면 견디기 힘들 정도로 추울 터.

내 선물로 옷을 해 입으면서 우리 상단의 가죽을 떠올리길 바라며 선물한 것이다.

그도 그럴 것이, 북해 사냥꾼들의 가죽 다루는 솜씨는 정말 좋았으니까.

벌써부터 은해상단의 금고에 돈이 쌓이는 소리가 들리

는 것 같네.

아……

그러고 보니 이 추위 때문에 이전 삶에서는 내 소단주 공표식을 내년에 했구나.

내 생일이 십일월이었기에 소단주 공표식은 십이월에 예정되어 있었다.

하지만 갑작스러운 한파로 인해 해를 넘긴 봄으로 날짜를 옮겼지만, 계속해서 일이 터지는 바람에 가을까지 밀렸다.

물론 공표식이 없다고 해서 소단주 일을 못 하는 것은 아니기에 소단주 일은 십이월부터 시작했다.

그리고 해가 넘어 열린 내 소단주 공표식은 참 쓸쓸했다.

갑작스러운 흉년으로 인해 찾아올 수 있는 사람의 수도 줄었고, 금주령으로 인해 연회도 술 없이 진행했기 때문이다.

다음 해였나? 당시 정호 형의 혼인도 조촐하게 치러야 했었지.

그러니까 진호 형의 혼인은 금주령이 내려지기 전에 후다닥 치러야 했다.

이래저래 이번 봄이 딱 좋다.

그러려면 이번 봄에 일어날 사건을 막아야겠지.

앞으로의 계획을 고민하며 상단 내부를 거닐던 중, 은풍대 무사들의 목소리가 들렸다.

"어? 저기 참호창웅(斬虎槍雄)이시네."

"역시! 예전부터 범상치 않다고 생각했는데 말이지."

"자네 둘째 소단주님이 잡아 온 영물 봤나?"

"봤지! 그렇게 큰 호랑이는 처음이었네!"

그 대화에 씨익 웃으며 그쪽으로 다가갔다.

연무장에서 진호 형이 열심히 수련하는 모습이 보였다.

진호 형은 이번에 혈조호를 잡은 일 덕분에 참호창웅이라는 명호를 얻었다.

이전 삶에서 무림맹의 한 조장이 비겁하게 얻었던 명호를, 이번 삶에서는 진호 형이 당당하게 쟁취한 거다.

게다가 이번 싸움에서 무언가 깨달음을 얻었는지, 한층 더 수련에 매진하는 모습이었다.

물론 하 소저를 만나는 것도 게을리하지 않았고.

진호 형은 요즘 아주 싱글벙글이었다.

내가 준 천향로주로 하 소저의 삼음절맥을 치료했고, 정식으로 혼약을 맺었기 때문이다.

진호 형이 직접 흑적의선 어르신에게 천향로주를 가져다주었고, 그걸 본 어르신은 깜짝 놀랐다고 한다.

흑적의선 어르신이 깜짝 놀라는 표정이 보고 싶었는데 아쉽네.

어르신이 깜짝 놀라는 건 아주아주 드물고도 희귀한 장면이니까.

그리고 진호 형이 잡은 혈조호의 시신은 만결의선 어르

신이 연구용으로 쓰겠다면서 가져가셨다.

덕분에 진호 형은 두둑한 부수입도 생겼다.

그 돈으로 뭘 할지 살짝 궁금해지네.

상단의 일도 게을리하지 않고, 시간을 쪼개어 하 소저도 만나고, 그러면서 수련에도 열심이고.

열심히 창을 휘두르는 진호 형을 보며 나는 중얼거렸다.

"대체 진호 형은 언제 자는 걸까?"

팔갑이 고개를 갸웃하자, 내 생각을 말해 주었다.

그런데 내 말을 들은 팔갑이 묘한 눈으로 나를 쳐다보았다.

"왜 그런 눈으로 보는 건데?"

"그건 도련님이 진호 도련님께 하실 질문이 아니라 가슴에 두 손을 올리고 본인에게 하셔야 하는 질문입니다요."

"……."

생각해 보니 맞는 말이네.

그래도 겨울이라 그나마 조금 한가해져서 이렇게 산책할 시간이 있는 거다.

작풍기 판매가 거의 없을 시기라 그만큼 일거리가 줄어드니까.

내가 이렇게 쉴 때 주로 돌아보는 곳은 상단 부지에 확보해 놓은 창고.

증조부께서 상단을 키울 때 창고용으로 넓은 부지를 사

두신 곳이 있다.

당시 상단의 규모에 비해 너무 넓은 땅이어서, 사람들이 다들 이해하지 못했다고 한다.

그도 그럴 것이, 그럴 바에는 차라리 상단 건물을 더 짓는 게 나으니까. 아니면 장사 밑천으로 돈을 더 쓰든가.

하지만 증조부께서는 꿋꿋하게 자신의 뜻을 밀어붙이셨다고 한다.

덕분에 내가 상단 부지에 서른 개가 넘는 창고를 지어도 별 티도 나지 않을 정도이다.

증조부께 뭔가 선견지명이 있으셨나?

감사한 일이네.

내가 서른 개가 넘는 창고를 지은 이유는 그곳에 곡식을 보관하기 위해서이다.

민란이 일어나면 상단에서 떨어진 곳의 창고, 그것도 곡식이 있는 창고를 지키는 게 어려울 테니까.

나는 그동안 민 장주에게 천향로주를 대가로 곡식을 받아왔다.

그렇게 받은 곡식들은 물론, 내가 따로 얻은 수익으로 구매한 곡식들도 쌓여 있다.

확실히 올해가 정말 대풍이었는지, 이전에 비해 훨씬 많은 곡식이 들어왔다.

지금도 계속해서 들어오고 있고.

창고를 몇 개 더 지어야 하려나.

그나저나 현청에 곡식을 나라에서 사들인다는 조서가 붙은 것을 보니, 황제가 황본지 대인을 통해 말한 내 조언을 받아들인 듯했다.

이 정도 준비를 했으니, 지난 삶만큼 대혼란이 벌어지지는 않겠지.

.

.

.

나는 평소처럼 새벽같이 일어나 운기조식을 했고, 때맞춰 오신 사부님께 인사를 하고 수련을 시작했다.

사부님께서 새로 전수해 주시는 설혼검법은 뭔가 좀 특이했다.

우선 초식이 하나뿐이다.

하여 같은 초식을 매일같이 펼쳤다.

그럼에도 내가 이 설혼검법이 진설십이식검법보다 더 상승검법이라고 느낀 건 초식을 구성하는 동작 하나하나에 담긴 그 묘리가 느껴졌기 때문이다.

하나의 동작이 초식 하나라고 해도 무방할 정도였다.

내가 설혼검법이 특이하다고 하는 건 초식이 하나뿐이기 때문만은 아니다.

우선 수련 방법이 독특했다.

그건 초식을 펼치는 상황이 그때그때 달라졌기 때문이다.

사람이 간신히 올라갈 정도의 통나무 위에서 초식을 펼

치기도 하고, 때로는 유랑 재주꾼들이 줄타기할 때 쓰는 줄 위에서 초식을 펼치기도 했다.

비가 올 땐 빗속에서 초식을 펼쳤고, 황토에 물을 섞어 마치 늪처럼 만든 통 안에 들어가 초식을 펼치기도 했다.

그렇게 수련을 하다 보니 초식에서 느껴지는 느낌이 상황마다 다르다는 것이 느껴졌다.

마치 상황에 따라 그 색을 바꾸는 것처럼.

이에 대해 사부님께 말씀드렸더니, 사부님께서는 상당히 놀라워하셨다.

"그걸 벌써 알아차리시다니! 제 생각보다 오성이 뛰어나십니다."

"그럼 제가 느낀 게 맞는 것일까요?"

"그렇습니다. 사실 설혼검법은 다양한 상황에서 써먹기 위한 검법입니다. 설풍궁의 검법은 설원지대에서 만들어졌지만, 이 중원은 곳곳마다 그 특색이 있고 눈이 없는 곳이 더 많으니까요."

"그렇군요."

"저도 이전에는 긴가민가했었는데, 조사님의 심득을 보고 확실히 깨달을 수 있었습니다."

그렇다면 이 특이한 수련법은 사부님께서 조사님의 심득을 보고 고안한 거라는 거다.

즉, 다양한 환경을 경험하게 하여 그 진의를 깨닫게 하는 것이 목적이겠지.

좀 특이하긴 하지만, 사부님의 경지가 올라갔으니 나도

믿고 따르면 되겠지.

그 대화를 떠올리며 초식의 기수식을 취한 그때.

톡.

응?

어깨에 무언가가 떨어졌다.

눈인가?

"첫눈이 오는군요."

"그러게요. 이번 해에는 첫눈이 좀 늦네요."

"어쨌든 잘 되었군요. 한번 초식을 펼쳐 보시죠. 눈이 오는 가운데 설혼의 검식을 펼치면 왜 이 검법의 이름이 설혼검법인지 아실 겁니다."

사부님의 말에 나는 숨을 들이마시며 앞을 향해 검을 겨누었다.

그리고 천천히 검식을 펼치기 시작했다.

아—!

느껴진다.

지금 흩날리는 눈송이들이 검식에 힘을 실어 주고 있었다. 온 사방의 눈송이들이 설혼검법을 펼치는 나에게 힘을 주고 있었다.

절대 지치지 않도록.

눈이 내가 되고, 내가 눈이 되고 있었다.

다양한 상황에서 써먹기 위한 무공이지만, 이 설혼검법 역시 설풍궁의 무공이라는 거다.

검식을 마무리하고는 검을 거두며 사부님에게 말했다.

"사부님께서 왜 그리 말씀하셨는지 알 것 같습니다."

내 말에 사부님은 고개를 끄덕이셨다.

그나저나 이제야 첫눈이라…….

올해 눈은 매우 적게 내렸다.

기억상으로 몇 년간 눈이 평소보다 별로 안 왔던 거 같은데, 혹시 이게 흉년의 징조인가?

.

.

수련이 끝났다.

"수고하셨습니다. 오늘 수련은 여기서 마치겠습니다."

"가르침에 감사드립니다."

그런데 아까부터 사부님의 표정을 보니 뭔가 고민이 있으신 듯했다.

사실 사부님의 표정은 거의 변화가 없는 편이다.

하지만 지난 삶과 이번 삶까지 함께하다 보니 사부님의 표정을 보고 고민이 있다는 것 정도는 알 수 있었다.

그냥 모른 척할까도 생각했지만, 사부님이 저렇게 심각할 정도면 설풍궁의 문제일 수도 있다.

나도 명색이 설풍궁의 제자이니, 모른 척 넘어갈 수는 없지.

에효. 이 오지랖.

하지만 나도 핑계가 있는 것이, 원래 상인이란 오지랖이 넓은 이들이라는 거다.

난 천하제일상단을 꿈꾸는 상인이고.

"저, 사부님."

"네?"

"고민하시는 게 있나 봅니다."

사부님이 움찔하더니 얼굴을 매만졌다.

"이런, 티가 났습니까? 제 수양이 아직 부족하군요."

"아닙니다. 다들 잘 모르실 겁니다."

나는 배시시 웃으며 말을 이었다.

"다만, 제가 항상 사부님의 표정을 살피다 보니 알게 된 것뿐입니다."

"제 표정을 말입니까?"

"제자 된 자로서 사부님의 표정을 살피는 건 당연한 것 아니겠습니까?"

"……."

사부님은 잠시 말없이 나를 바라보셨다. 저렇게 빤히 바라보시니 새삼 쑥스러워졌다.

"사실, 최근에 양양무관에서 연락이 왔습니다."

"네? 양양무관이…… 어딥니까?"

"아시는 줄 알았는데…… 모르십니까? 녀석이 말하기를 전에 북해에 가셨을 때 만났다고 하던데."

떠오를 듯 말 듯한데…….

"절강성에 있는 무관입니다."

북해. 절강성.

거기까지 듣자 퍼뜩 떠오르는 이름이 있었다.

"혹시, 염 대협의······."

"맞습니다. 염진연, 그 녀석이 관주로 있는 곳입니다."

"그럼 그 양양무관이 설풍궁의 역할을 맡은 곳입니까?"

내 물음에 사부님께서 고개를 끄덕이셨다.

설풍궁의 역할.

그건 북해빙궁의 여인들이 낳은 아이들을 키우는 것을 의미했다.

"그곳에서 자라 일정 나이가 된 남아들은 표국의 표사가 됩니다. 그리고 여아들에게는 선택권이 주어집니다. 표사가 될 것인지 아니면 북해빙궁으로 들어갈 것인지."

"여아들에게 북해빙궁으로 가는 것이 의무가 아니었군요."

"예, 당연히 선택할 권리가 있습니다. 하지만 대부분은 북해빙궁에 입궁을 선택합니다. 그녀들에게 북해빙궁의 여무사들은 동경의 대상이니까요."

하긴, 내가 전에 봤던 북해빙궁의 여무사들은 하나같이 기개가 넘치고 당당했다.

무공 역시 고강했고.

"그럼 표국의 표사들의 아이들은요?"

"그들에게는 별다른 제약이 없습니다."

"그렇군요."

"이번에 표행을 갔다가 녀석을 만났는데, 국주님의 이야기를 하더군요. 그리고 국주님께서 주신 후원금이 큰 도움이 되었다고 합니다."

"도움이 되었다니 기쁘네요."

"그런데…… 아무래도 그곳을 떠나야 할 것 같다고 했습니다."

"네?"

사부님이 자초지종을 설명해 주셨다.

양양무관은 무관 소유의 땅이 아니라, 인근 장원의 땅을 빌려서 사용하고 있었다고 한다.

이번에 내가 준 돈 덕분에 여유가 생겨서 땅을 사러 찾아갔는데, 갑자기 땅을 팔지 않겠다고 했다는 거다.

심지어 그 자리에 주루를 지어야 하니 내년 삼월까지 건물을 비우라는 말까지 들었다고.

그렇게 갑작스럽게 벌어진 사건에 사부님께 서신을 보낸 것이다.

양양무관은 설풍궁에 속한 곳이고, 설풍궁의 궁주가 사부님이니 이에 대해 보고한 것.

화리선점 때도 그렇고, 땅 주인이 아닌 사람은 참 서럽다.

그나저나 주루를 세운다고?

내년에 흉년으로 인해 전국에 금주령이 내릴 텐데?

나는 사부님께 여쭈었다.

"그럼 그 건물은 누구 건물인가요?"

"당연히 저희 돈으로 지은 저희 건물이지요."

"……그럼 그 건물에 대한 보상은 해 준답니까?"

사부님은 고개를 저으셨다.

하긴 그러니 고민이 많으신 거겠지.

"그동안 자기 땅에서 잘 살았으면 됐지, 건물까지 보상
해 줘야 하냐고 그랬답니다."

"땅에 대한 임대료는……."

"당연히 매년 제때 주었습니다."

"건물을 지을 때 그쪽이 허락했나요?"

"물론입니다. 당시 그 장주의 아버지께서 흔쾌히 허락
하셨지요."

"혹시, 아버지 때의 일이니 자신은 모르겠다는 그런 태
도로 나오는 건가요?"

사부님은 놀란 표정으로 고개를 끄덕이셨다.

"맞습니다만…… 어떻게 아셨습니까?"

"그냥 그럴 것 같았습니다."

솔직히 말해서 뻔한 이야기다.

세상에 그런 인간이 한둘이어야지.

잠깐.

북해빙궁의 여인들이 낳은 아이들을 돌보는 곳이다. 그
렇다면 북해빙궁에서 어느 정도는 지원해 줄 터.

그에 대해 여쭙자, 사부님이 작게 한숨을 내쉬며 답해
주셨다.

"물론 저희의 지원은 받고 있습니다. 하지만 아이들을
키우는 데 돈이 한두 푼 들어가는 게 아니다 보니, 딱히
금전적인 여유가 있거나 하지는 않습니다."

그래서 전에 조사님께서 남겨 주신 거액의 활동 자금을 보고 눈물을 보이셨던 거군.

하긴 한 단체를 이끄는 수장으로서 돈이 부족한 것보다 슬픈 건 없지.

"이럴 줄 알았으면 처음에 무리해서라도 땅을 살 걸 그랬습니다."

"……."

"그 당시에 땅을 사면 건물까지 지을 돈이 없어서 그랬던 거긴 합니다만, 일이 이렇게 되니 후회가 됩니다."

"당시에는 그게 최선의 선택이었을 겁니다. 그러니 너무 자책하지 마세요."

"그리 말씀해 주시니 감사합니다."

사부님이 한숨을 내쉬며 말씀하셨다.

"어쨌든 다른 곳으로 옮기긴 해야 할 터인데…… 문제는 아직 이주할 곳을 찾지 못하고 있다는 겁니다."

"확실히 큰 문제군요."

아마 내 이전 삶에서도 결국 양양무관은 다른 곳으로 이주해야 했을 거다.

당시에는 내가 준 후원금도, 조사님이 남기신 활동자금도 없던 상황.

그러니 상황은 더 팍팍했겠지.

그렇게 생각하던 중에 든 의문.

양양무관은 북해빙궁의 아이들을 기르는 곳이다.

그러면 북해빙궁에서 가까운 곳이 더 낫지 않나?

왜 북해에서도 먼 절강성에 양양무관을 세운 거지?

"사부님, 궁금한 것이 있습니다."

"네. 말씀하십시오."

"양양무관을 절강성에 세운 이유가 있습니까?"

"네, 설풍궁이 있던 곳과 멀리 떨어진 곳이면서도 저희에게 좋은 환경이었기 때문이었습니다."

"그게 무슨 말씀이신지……."

"저희 설풍궁을 멸문시킨 흉수가 양양무관과 설풍궁을 연관 지어서는 안 되니 말입니다. 그러면서도 설풍궁의 또 다른 거점 역할까지 할 수 있어야 했습니다."

그제야 이해가 갔다.

절강성은 항주가 있는 곳이다.

하늘에는 천당이 있고 땅에는 항주와 소주가 있다는 말이 있을 정도로 살기 좋은 곳이다.

게다가 교통의 요지로서 수많은 물자가 오가는 곳이기도 하다.

그만큼 설풍궁의 남은 이들이 활동하기에 좋은 조건이 갖추어진 곳이라는 거다.

"하지만 너무 따뜻한 곳 아닌가요?"

"대신에 습한 곳이기 때문입니다."

"아, 바다와 강을 끼고 있어서 그렇군요."

"맞습니다. 중원 전 지역을 둘러봐도 그곳만큼 물의 기운이 강한 곳은 없습니다. 설풍궁의 무공은 빙공이며, 빙공은 음기의 무공입니다. 춥고 얼음이 많은 곳에서 있을 수 없다면, 물이라도 많아야 하니까요."

"하긴 그래야 아이들이 설풍궁의 무공을 익히기 좋겠
군요."

말씀을 들으니 이해가 갔다.

아무튼, 그런 곳을 떠나 다른 곳으로 이주하면서 돈도
많이 들었을 터.

절강성의 땅값이 상당하니까.

내 이전 삶에서 내 호위무사였던 곽준하, 그러니까 사
부님의 둘째 아들은 봉급을 받으면 반 이상을 어딘가에
보내곤 했었다.

그러면서 본인은 상당히 검소하게 지냈었지.

당시 우연히 들은 부자간의 대화가 기억났다.

"또 절강성에 돈을 보냈느냐?"

"저라도 도움이 되었으면 해서요."

"고맙구나."

그때는 개인 사정이겠거니 하고 넘어갔었다.

호위무사의 개인 사정까지 파헤치고 싶지는 않았으니
까.

지금 생각해 보면, 당시 곽준하는 양양무관을 후원했던
거다.

"지금 사부님께서 고민하고 계시는 것은 어디로 옮겨
야 좋을지인가요?"

"네. 그렇긴 하지만 되도록 절강성을 벗어나지 않으려고 하고 있습니다. 솔직히 그곳만큼 설풍궁의 무공을 익히기 좋은 곳도 없습니다."

사부님은 쓸쓸한 표정을 지으셨다.

"그 자리에서 옮기지 않으면 더 좋겠지만…… 그건 불가능하니 말입니다."

"……."

아무래도 이건 내가 직접 가 봐야 할 듯했다.

설풍궁의 조사님께 직접 설풍궁의 재건을 부탁받았고, 양양무관의 아이들은 설풍궁의 미래다.

즉, 그 아이들은 설풍궁의 재건에 있어 중요한 인재들이다.

마침 겨울이라 일이 좀 줄어들기도 했으니, 절강성에 다녀올 만한 여유도 있고.

"사부님, 제가 절강성에 다녀오겠습니다."

"국주님께서 직접 말입니까?"

"네."

"괜찮습니다. 이건 저희가 알아서 할 수 있습니다."

"전에 염 대협께 추후 다시 후원하겠다고 약속했으니, 그 약속은 지켜야 한다고 생각합니다. 그리고 제가 도움을 드릴 수 있는 일이 있을 것 같아서 말입니다."

"그리 말씀하신다면…… 알겠습니다. 그리고……."

사부님은 나에게 포권하시며 말씀하셨다.

"이렇게까지 신경 써 주시니 감사할 따름입니다."

나는 손을 저으며 말했다.

"너무 과한 예입니다. 또한, 그들은 제 사형제나 마찬가지입니다. 그러니 이 제자가 그곳의 일에 관여하는 것을 허락해 주십시오."

"허락합니다."

.

.

.

나는 곧바로 아버지에게 가서 절강성 출장을 허락받았다.

가는 길이 눈으로 인해 험할 거라 걱정하셨지만, 괜찮다.

올해 눈은 별로 내리지 않으니까.

하지만 설풍궁의 제자로서 내력을 북돋아 주는 눈이 없다는 건 한편으로는 아쉬운 일이다.

그리고 며칠 후.

우리는 절강성으로 출발했다.

원래 호위무사들만 데리고 다녀올 생각이었는데, 하 표두를 비롯해 창인표국의 표사들과 동행하게 되었다.

솔직히 양양무관이 어디에 있는지 잘 모르기도 하고, 내 신분을 보증해 줄 사람도 필요했으니까.

사부님도 함께 가고 싶어 하셨지만, 일이 생겨 자리를 비울 수가 없게 되었다.

그래서 전권을 위임받아 가고 있기는 한데…….

왜 전권을 나에게 위임하셨을까? 사부님보다 몇 년은 더 표사 일을 먼저 했다는 하 표두도 있는데.

그리고 하 표두는 왜 반발하지 않고, 순순히 나를 따르는 걸까?

여러 가지 의문이 많았지만 일단 접어 두었다.

그때 하 표두가 나를 불렀다.

"소단주님."

"아, 네."

"항주에 가 보신 적이 있으십니까?"

물론 지난 삶에서 족히 수십 번은 가 봤다.

정말 아름다운 곳이고, 특히 항주의 서호는 절경이라는 말이 아깝지 않을 정도다.

낮에 아름다울 뿐 아니라, 밤에도 아름다운 곳.

그만큼 상인들에게 있어 기회의 땅이기도 했다.

하지만, 이번 삶에서는 가 본 적이 없다.

"처음입니다. 그러니 잘 부탁드립니다."

"험험, 물론입니다. 그분의 부탁도 있었으니까요."

그분이란, 사부님이겠지.

"그럼 제가 길을 이끌어도 되겠습니까?"

"네, 잘 부탁드립니다."

하 표두가 선두로 향했고, 나는 그 뒤를 따랐다.

사실 이렇게 따라가면 편하긴 하지.

이번에 양양무관에 퇴거 명령을 내린 장주는 항주의 유지 중 하나라고 했다.

그나저나 주루라니…….

앞으로 오 년 동안 금주령이 내려진다는 것을 아는 나에게 그 주루 사업은 돈을 땅에다 버리는 짓으로밖에 보이지 않았다.

우리 은해상단이 운영하는 연화루도 내 지시에 따라 술이 없어도 즐길 수 있는 여흥거리를 갖추느라 분주하다.

그 장주는 욕심이 과했다.

아마 돈을 갈퀴로 긁어모으는 주루들을 보고 배가 아팠던 거겠지.

하지만 시기를 잘못 골랐다.

항주의 주루들이 많은 돈을 버는 건 타지에서 온 이들이 항주에서 돈을 쓰기 때문이다.

항주의 아름다운 풍광은 많은 이들을 불러 모았으니까.

또한 문객들에게 죽기 전에 한 번은 꼭 들러야 하는 곳으로 인식된 곳이기도 하고.

하여 유흥이 무척 발달해 있었다.

그러나 흉년으로 먹을 것도 궁해지고 사방에서 민란이 일어나 민심이 흉흉한데 항주에 방문하는 이들이 얼마나 있을까?

항주가 상대적으로 흉년에 의한 피해가 적었다지만, 금주령도 내려진 상태에서 무슨 재미로 주루를 찾을까?

그렇게 얼마간 금주령이 이어지자, 몰래 술을 파는 주루들이 나타났다.

지역의 관리들과 짜고 쉬쉬하긴 했지만, 소문이란 하룻밤에 천 리를 가는 법이다.

결국 감찰어사가 감찰에 나섰고, 결국 그 주루들과 관리들은 극형을 면치 못했다.

그런 일이 벌어지고 나니 주루들은 더 이상 술을 팔 생각을 하지 못했고, 당연히 매출은 급감했다.

그간 많은 돈을 벌었다고는 하지만, 무리하게 사업을 확장했거나 돈을 흥청망청 쓴 주루들은 이 기간을 버티지 못하고 주루를 매물로 내놓게 된다.

당연히 황제 폐하나 중앙의 관리들도 금주령을 내리면서 이런 사태를 예상했을 것이다.

하지만 어쩔 수 없는 조치였을 터.

술의 대부분은 곡식을 원료로 한 곡주였으니, 이를 금해야 조금이라도 더 식량을 수급할 수 있을 테니까.

또한 사방에서 민란이 일어날 정도로 민심이 흉흉한 것을 달래기 위한 일이기도 했다.

지금 나라에서는 금주령까지 내릴 정도로 애쓰고 있으니 조금 참아 달라고.

하지만 몇 년 뒤 금주령에 예외가 생겨나게 된다.

바로 중원 밖의 나라에서 곡식을 사 오기 위해서다.

원래 장사라는 건 일종의 물물거래다.

저쪽이 필요한 것을 이쪽이 팔아, 이쪽이 필요한 것을 저쪽에서 사 오는 거다.

그리고 그들이 원하는 물품들 중에 술이 있었다.

그러자 나라에서는 일부 상단들에게 술 제조를 의뢰했고, 상단에서는 부랴부랴 술을 제조하기 시작했다.

하지만 상당 기간 금주령이 유지되면서 떠나 버린 주조업자들이 많았다.

그래서 술의 질이 많이 떨어졌고, 양도 그리 많이 생산하지 못했다.

즉, 이번 흉년은 내게 큰 기회다.

항주의 이름난 주루들과 맛 좋은 술을 빚는 주조업자들을 은해상단 소속으로 만들 기회.

은해상단은 저들에게 살길을 만들어 주고, 우리는 그에 따른 수익을 얻는 것.

즉, 상부상조다.

그나저나 오 년이나 이어지는 대흉년의 원인은 이상기후 때문이다.

갑자기 폭우가 쏟아지다가 가뭄이 이어지질 않나, 뜬금없이 서리가 내리질 않나.

우선 저수지를 만들어서 폭우 때 물을 저장하면 좋을 것 같은데…….

그렇게 꼬리에 꼬리를 물고 이어지던 생각은 잠시 점심을 먹기 위해 멈추었을 때까지 이어졌다.

점심으로 객잔에서 사 온 만두를 먹고 잠시 쉴 때 하

표두가 나를 불렀다.

"소단주님."

"아, 네."

"양양무관에 대해 얼마나 알고 계십니까?"

나는 가볍게 웃으며 대답했다.

"잘은 모릅니다. 염 대협께서 관주로 계시고 궁의 역할을 하고 있다는 것과 최근에 땅 주인으로부터 퇴거하라는 말을 들었다는 것 정도?"

"생각보다 많이 알고 계시는군요."

"그런가요?"

그가 주변을 흘깃 살펴보더니 작게 속삭였다.

"다른 이들은 그곳을 평범한 무관으로 알고 있으니까요."

"……."

"사실 저와 동행하는 표사 모두 그곳 출신입니다. 그만큼 각별한 곳이지요. 그러니 잘 부탁드립니다."

그나저나 하 표두, 성격이 장난 아니네.

부드럽게 말하고 있지만, 그 안에 담긴 의미는 생각보다 강했다.

제법 강단이 있다고 할까?

하긴 표국의 일이란 표두가 강단 있게 나서야 손해 볼 일이 적어진다.

다른 이들의 말에 이리저리 휘둘리다 보면 죽도 밥도 안 되니까.

괜히 표두로 그리 오래 일한 게 아닌 듯싶다.

덕분에 조금 마음이 놓이는 부분도 있었다.

그의 딸이 하 소저니까.

앞으로 진호 형을 잘 살펴 주겠지.

그리고 이런 류의 사람들은 대부분 한 가지 특징이 있다.

겉으로는 강해 보이지만, 속은 여린 편이라는 것.

이들에게 신뢰를 얻는 방법은 간단하다.

나 역시 진심을 보여 주면 된다.

나는 옅은 미소를 지으며 힘주어 말했다.

"최선을 다하겠습니다."

내 말에 하 표두는 고개를 끄덕이며 자리에서 일어났고, 모두에게 외쳤다.

"출발한다!"

* * *

하철 표두는 자신의 옆에서 말을 달리는 미청년을 보았다.

은해상단의 막내 소단주이자, 현풍국주를 맡은 은서호라는 이름의 청년이다.

'이 청년이 궁주님이 정하신, 소궁주라는 건가?'

그는 자신도 알아차리지 못했던 딸의 병세를 알아차린 사람이기도 하다.

'음……'

그는 이번에 딸이 했던 말을 떠올렸다.

"사실, 저와 진호 소단주님의 일이 잘 풀린 건 은서호 소단주님 덕분이에요. 그러니까 한 번 믿어 보셔도 될 것 같아요."

은서호의 능력이 뛰어나다는 건 안다.

그간의 행적이나 명성이 이를 증명하고 있으니까.

하지만 그는 직접 보고 싶었다.

그래야 그를 완전히 인정할 수 있을 것 같았다.

설풍궁의 미래를 위해서라도.

.

.

.

절강성으로 가는 이번 여정은 비교적 편했다.

가는 길에 들러야 하는 곳이 있는 것도 아니고, 물건을 싣고 가는 상행도 아니었으니까.

그래서 장강을 따라 배를 타고 가기로 했다.

눈이 별로 오지 않아, 우리는 편하게 나루터까지 올 수 있었다.

"역시 장강이 넓긴 넓습니다요."

"이름이 괜히 장강이겠어."

장강은 겨울에도 잘 얼지 않는다.

중원에서도 남쪽의 비교적 따뜻한 지역을 관통하는 강이니까.

하지만 이 장강조차도 이번 한파에는 일부가 얼어붙는다. 그 정도로 매서운 추위였다.

상류 쪽에 얼어붙었던 강이 녹고, 폭우가 겹치면서 중류와 하류 여러 지역에서 홍수가 났다.

이로 인해 우리도 상당한 피해를 봐야만 했지.

본단이 위치한 호북을 비롯해 우리 상단의 지부가 있는 곳들은 대부분 장강을 끼고 있었으니.

그로 인해 물류가 마비되었고, 이를 수습하다 보니 내소단주 공표식이 더더욱 밀릴 수밖에 없었다.

그렇게 속으로 쓴웃음을 짓고 있는 사이 하 표두의 말이 들렸다.

"곧 황산에 도착합니다."

"이제 내려야 한다는 의미군요."

"그렇습니다."

황산은 안휘성에서 가장 큰 산이다.

그리고 안휘성은 무림의 명가 중 하나인 남궁세가가 있는 곳이고.

지난 삶에서 나를 죽인 남궁강과 이번 황실 비단 납품 경합 때 나와 부딪혔던 남궁보의 가문이다.

남궁세가는 무림맹을 가장 적극적으로 지지했던 세력이다.

그도 그럴 것이, 무림맹주가 남궁세가 출신이니까.

이 근방의 터주대감인 염씨세가 역시 무림맹의 열렬한 지지 세력이다.

그러고 보니…… 파두파파의 남편 유유검제가 주화입마에 빠졌던 이유가 염씨세가의 농간 때문이었지.

그들 부부가 염씨세가를 마주한다면 곱게 두지 않을 것 같은데.

사실 그간 안휘성으로 갈 일이 있기는 했지만, 의도적으로 피해 왔었다.

내가 죽은 곳이, 안휘성이었으니까.

정확히 말하면 황산 자락이다.

그곳에서 나를 죽인 건, 남궁세가의 영역 안이었기에 그만큼 증거를 조작하기 쉽기 때문이겠지.

솔직히 어느 누가 자신이 죽은 장소에 가고 싶겠는가?

하지만 계속해서 피할 순 없었다.

하여 이번 사부님의 고민을 해결해 주기로 한 것이다. 이를 위해서는 이곳을 지나쳐야 했으니까.

나는 내 입으로 말한 이상, 반드시 지킨다.

하지만 막상 황산을 보니 숨이 막히는 듯했다.

"도련님? 괜찮으십니까요?"

팔갑의 걱정스런 표정에 나는 애써 웃어 보였다.

"괜찮아."

"안색이 창백해 보이십니다요."

"내가 원래 얼굴이 하얗잖아. 겨울이라서 더 하얗게 보이는 게 아닐까?"

"……"

내 실없는 말에 팔갑은 말없이 나를 바라보았다.

뭔가 눈으로 욕하는 것 같은데.

그래도 덕분에 조금은 긴장이 풀리는 듯했다.

곧 나루터에 배가 정박했고, 배에서 내린 우리는 근처 객잔에서 쉬었다가 내일 아침 일찍 출발하기로 했다.

우리가 묵어가기로 한 객잔은, 나도 잘 아는 곳이다.

"어서 오세요."

제법 풍채가 있는 중년 여인이 우리를 맞아 주었다.

"하룻밤 묵어갈 예정입니다."

"네. 마침 방이 넉넉할 때 오셨네요. 편하신 만큼 골라 주세요."

"그럼……"

여유 있게 두 명당 방 하나씩을 잡았고, 나는 팔갑과 같은 방에 묵기로 했다.

"엄청 깨끗합니다요."

"응, 그러네."

방은 그리 크지 않고 화려하지도 않았지만 먼지 하나 없이 깨끗했다.

이 객잔의 자랑이 바로 청결함과 저렴함이다.

그래서 항상 사람이 북적이는데, 오늘은 운 좋게 방이 넉넉했다.

사실 네 명당 방 하나씩 쓸 각오도 했는데 말이지.

이곳은 창인표국이 안휘성에 올 때마다 들르는 곳이어서 나 역시 이곳에서 많이 묵었다.

이전에는 왜 다른 좋은 곳을 놔두고 이곳을 애용하나 싶었는데 이유가 있었다.

다른 좋은 객잔들과 달리 이곳은 무림세력의 간섭에서 벗어난 곳이기 때문이다.

지금 우리를 맞아 주는 여인은 이 객잔 주인이자 주방장의 부인이다.

그리고 사실 저들은 무림인이다.

부부 모두 절정의 무사.

웬만큼 이름 있는 문파의 장로들이 절정급이니, 일반적인 무림 세력으로서는 이곳을 건들고 싶지 않을 터.

그들 부부는 무림과 인연을 끊었다.

그건 두 아들의 죽음 때문이었다.

무림맹에서 오 년마다 개최하는 용봉비무회에 자신의 이름을 알리고자 큰아들이 출전했다.

하지만 상대가 나빴다.

한 무림 명가의 후기지수가 상대였는데, 그의 손속이 너무나 비정했던 탓이다.

비무회였음에도 불구하고 크게 내상을 입었고, 결국 사망에 이르고 말았으니.

이에 작은 아들이 형의 복수를 하겠다며 그를 찾아갔지만, 농락만 당한 채 돌아왔다.

그 치욕을 이기지 못하고 자진하면서 부부는 졸지에 두

아들을 모두 잃고 말았다.

결국 두 부부는 복수할 의욕도 상실한 채, 무림과 인연을 끊고 이렇게 조용히 객잔을 운영하며 살고 있었다.

내가 이 사연을 알게 된 건, 은해상단이 운용하던 정보대를 통해서였다.

물론 이 사연은 대부분 모르고 있다.

하지만 객잔을 운영하는 부부가 꽤나 고수라는 것은 무림인들 사이에 알음알음 알려져 있었고, 하여 이곳에서 행패를 부리지 않았다.

그러니 자신들의 정체를 숨겨야 하는 설풍궁에서 이곳을 애용한 건 당연했다.

그리고 나 역시 이곳이 마음이 편했다.

무림맹이나 남궁세가의 눈이 없는 곳이기에 몰래 무언가를 할 수 있으니까.

.

.

.

씻고 내려오자, 하 표두와 표사들은 이미 내려와 있었다.

"이런, 제가 제일 늦었군요."

"아닙니다. 저희도 방금 내려왔습니다. 뭘 드시겠습니까?"

"저는 특별히 가리는 게 없습니다. 표두님께서 추천해 주시는 걸로 먹으면 될 듯합니다. 그리고 이쪽 지역은 처음이기도 하고요."

"알겠습니다."

하 표두는 자리에서 일어나 직접 주방을 향해 주문을
하고 다시 돌아왔다.

잠시 후, 객잔주의 부인이 먼저 차를 가지고 왔다.

차를 가볍게 음미하고 있자, 음식들이 하나둘 나오기
시작했다.

가장 먼저 나온 건 닭고기로 육수를 낸 국수였고, 그
다음으로 물고기 찜이 나왔다.

"쿵쿵! 윽! 이게 무슨 냄새입니까?"

그 물고기를 보며 팔갑이 질색팔색을 했다.

"쏘가리를 삭혀서 튀긴 후, 양념해서 찐 요리야."

그러고 보니 이전 삶에서도 팔갑은 이 요리를 싫어했었
지.

겨울이 가까워질 때, 장강에서 잡은 쏘가리를 운반하는
과정에서 쏘가리가 자연적으로 삭혀진다.

그걸 튀겨서 양념한 뒤에 찜으로 해서 먹는 요리인데,
황산 근처에서는 지역 특선 요리로 유명했다. 이곳 사람
들은 냄새가 강할수록 제대로 삭혀졌다며 좋아할 정도.

처음에는 나도 냄새 때문에 싫어했지만, 직접 맛을 보
고 난 후에는 쫄깃하면서도 탱글탱글한 식감에 흠뻑 빠
졌다.

게다가 짭조름하고 달달한 양념도 좋았고.

"이게 삭힌 쏘가리라는 것을 어떻게 아셨습니까?"

아차, 나는 여기 처음 온 거라서 이걸 몰라야 하는데.

나는 머쓱하게 웃으며 급히 둘러댔다.

"형들한테 들었습니다. 이게 그렇게 별미라고요."

"그러…… 시군요."

"보기만 해도 군침이 도는군요. 맛있게 먹겠습니다."

그러곤 얼른 젓가락으로 쏘가리의 살을 떼어 입에 넣었다.

냄새는 꾸리꾸리하지만, 역시 맛있네.

그런 나를 보고는 하 표두가 고개를 갸웃했다.

"생각보다…… 잘 드시는군요."

"네, 입에 맞네요."

하지만 팔갑은 젓가락을 가져다 대는 것조차 질색하고 있었다.

그러고 보니 가리는 음식 없이, 심지어 사천의 음식까지 문제없이 먹어치우는 팔갑이지만 싫어하는 음식이 몇 가지 있다.

삭힌 쏘가리 찜이라든지 취두부라든지…….

아, 삭힌 음식들을 싫어하는구나.

그러고 보니 곰은 썩은 고기를 먹지 않는다고 하던데…… 진짜 곰인가?

하 표두는 나를 보더니 피식 웃었다.

"이렇게 잘 드시는 것을 보니 이 음식을 주문한 보람이 있습니다."

"하하하, 감사합니다."

"이 삭힌 쏘가리에 술 한잔 걸치면 환상인데 말입니다. 카!"

하 표두의 말에 표사들 역시 고개를 끄덕였다.

하지만 우리의 식탁에는 술이 올라와 있지 않았다. 그도 그럴 것이 지금 그들은 표행 중이었기 때문이다.

나를 경호한다는 명목으로 온 것이니까.

"나중에 돌아갈 때 삭힌 쏘가리를 사서 가죠. 어차피 날이 추우니까 보관하는 데 그리 어렵지 않을 듯합니다."

"그거 좋은 생각입니다."

물론 냄새는 각자의 몫이겠지만.

다음 날 아침.

우리는 일찍 객잔을 나섰다.

그리고 나는 다시금 긴장할 수밖에 없었다.

이제 곧 내가 이전 삶에서 죽었던 그 장소가 나오니까.

지금도 눈을 감으면 그때의 기억이 눈에 선하다.

당시 나는 배를 타기로 하고 절강성에서 안휘로 들어와 어제 우리가 도착한 나루터로 향하던 중이었다.

정확히 우리가 어젯밤 묵은 객잔을 이십 리 앞둔 지점이었다.

갑작스럽게 나타나 우리를 가로막은 무림맹의 무사들은 문답무용으로 공격을 퍼부었다.

우리는 필사적으로 길을 열고 빠져나갔지만, 그곳에도 무림맹의 무사들이 있었다.

그 와중에 내가 도망칠 틈을 만들기 위해 팔갑은 수많은 화살을 몸으로 받아 내며 죽었고, 다른 호위들도 하나둘 죽어 갔다.

그리고 나를 지키다가 최후에 죽은 자가 곽준하였다.

당시의 기억이 떠오르며, 나도 모르게 가슴이 먹먹해졌다.

그리고, 순간 내 앞에 보인 광경에 나도 모르게 숨이 턱 하고 막혔다.

수많은 사람의 비명 소리, 나를 지키겠다고 외치는 호위들의 소리, 나를 쫓는 발소리, 전력으로 도망치느라 턱 밑까지 숨이 차올라 폐가 튀어나올 것 같은…….

그리고 비릿한 피 냄새.

내 눈이 흔들렸다.

나무 한 그루가 보였기 때문이다.

커다란 바위가 드러난 절벽 옆의 제법 굵은 나무.

그 아래가 지난 삶에서 내가 죽었던 그 자리였다.

허억…….

아직 일렀던 건가?

되돌아온 지 오 년이나 지나서 괜찮을 줄 알았는데.

이제 악몽은 거의 꾸지 않지만, 내가 죽었던 자리를 다시 마주하기에는 아직 수련이 부족했던 것일까.

숨이 막혀 왔다.

"도련님? 괜찮으십니까요?"

"…….

팔갑이 가장 먼저 내 상태가 이상하다는 것을 알아차렸다.

"주군!"

가장 근처에 있던 서우 무사가 급히 내게 다가와 나를 부축했다.

"안색이 너무 창백하십니다."

"……."

그들의 말에 나는 간신히 말했다.

"좀, 쉬었다가, 가죠."

그리고 팔갑과 서우 무사의 도움을 받아 말에서 내렸는데, 그 후로 기억이 없었다.

.

.

.

꿈이다.

꿈이 분명했다. 그게 아니면 죽은 내 모습을 내가 보고 있을 리 없잖아?

목의 검상에서 흐른 피가 온 사방을 적시고 있었다.

아니, 어쩌면 저게 현실이고 나는 영혼일지도 모른다. 그래서 내 염원이 상상으로…….

퍽-!

"으윽!"

그 순간, 머리에 느껴진 엄청난 격통에 나도 모르게 머리를 감싸며 소리를 질렀다.

"이 멍청한 놈을 봤나!"

익숙한 목소리에 뒤를 돌아보니 설풍궁의 조사님이 서 계셨다.

"어? 조사님?"

주먹을 쥐고 계신 것을 보니, 저 주먹으로 내 머리통을 갈기신 게 분명했다.

아니, 그보다 왜 여기 계시지?

"똑바로 봐라! 저게 진짜 너로 보이는 것이냐?"

"네?"

조사님은 내게 다가와 내 어깨를 붙잡고는 강제로 몸을 돌려 내 시신을 보게 서셨다.

"정말 저게 너로 보이는 것이냐? 똑바로, 시선을 돌리지 말고, 있는 그대로 바라봐라."

"……어?"

어느새 그곳에 있던, 죽은 나는 사라지고 없었다.

아니, 그곳에 있는 건 절벽에서 떨어진 흙더미일 뿐이었다.

"똑똑한 줄 알았더니, 생각보다 바보구나."

그 말에 나도 모르게 욱했다.

"제가 왜 바보입니까?"

"실상과 허상도 구분하지 못하는 게 바보지, 그럼 똑똑한 놈이더냐? 그것도 태음빙해신공까지 익힌 놈이."

"……."

할 말이 없네.

"은서호라는 녀석은 내가 보고 있는 너 하나뿐이다. 내가 나의 남은 생을 대가로 살려낸 녀석이지. 네 기억은 어쩔 수 없다지만 일어나지 않은 일 때문에 궁상을 떨고 있구나."

"……!"

조사님의 말씀에 나는 퍼뜩 정신이 들었다.

그래, 내가 죽은 일은 아직 일어나지 않은 일이다.

오직 과거의 기억일 뿐이고, 앞으로도 일어나지 않을 일인데 내가 왜 그랬지?

조사님이 빙그레 웃으시더니 나무 바로 옆을 가리켰다.

"정신을 좀 차린 것 같구나. 저곳을 파 보거라. 내 선물을 준비했으니."

.

.

.

"어? 도련님? 괜찮으십니까요?"

눈을 뜨자, 팔갑이 걱정스러운 표정으로 나를 보고 있었다.

"응, 괜찮아."

내가 몸을 일으키자, 호위들과 하 표두가 걱정스러운 얼굴로 다가왔다.

"갑자기 졸도하셔서 놀랐습니다."

"아, 죄송합니다. 출발하기 전까지 밤을 새서 일을 처리하다 보니 피로가 쌓였던 것 같습니다."

나는 웃으며 말했다.

"그래도 한숨 푹 자서 그런지 한결 개운합니다."

정말이었다.

긴장해서 숨이 턱 막혔던 게 마치 거짓말처럼 사라져 있었다.

나는 자리에서 일어나 내가 죽었던 자리로 다가갔다. 한참 그곳을 응시하다가, 팔갑에게 고개를 돌렸다.

"팔갑아, 여기 좀 파 볼래?"

"네?"

뜬금없는 내 말에 팔갑은 고개를 갸웃했지만, 이내 고개를 끄덕이고는 작은 삽을 가져와 땅을 파기 시작했다.

다른 이들도 고개를 갸웃했지만, 아무 말 않고 나를 기다려 주었다.

탁.

곧 뭔가 걸리는 소리가 들렸다.

"어라? 뭔가 묻혀 있습니다요."

땅속에 있던 건 옻칠까지 한 제법 큰 상자였다.

우리는 땅을 더 파내어 상자를 꺼냈고, 조심스럽게 열어 보았다.

상자 속에 들어 있는 건 단단히 밀봉된 열두 개의 병이었다.

그리고 하얀색의 종이 여러 겹을 겹친 것으로 병의 입구를 싼 것이 마치 하얀 연꽃처럼 보였다.

이게 뭐지?

내가 고개를 갸웃하는 사이, 우리에게 다가와 상자 안에 들어 있는 병을 본 하 표두가 경악하며 소리쳤다.

"서, 설, 설마! 이거! 빙련주(氷蓮酒)입니까?"

"네? 빙련주가 뭡니까?"

"북해에서만 구할 수 있는 빙련으로 담근 술입니다. 그리고 빙련주는 오직 북해빙궁과 설풍궁에서만 담글 수 있는 술입니다."

하 표두는 완전 흥분해 있었다.

"한 번 맛보면 절대 잊을 수 없는 풍미가 가득한……."

술에 대한 칭송을 거의 일 각 가까이 하실 정도로 말이다.

그만큼 귀한 술이라는 거겠지.

"빙련주를 담글 수 있는 제조법은 설풍궁이 멸문할 때 소실되어…… 현재 빙련주는 오직 북해빙궁에서만 담글 수 있습니다."

중원에서는 구하고 싶어도 구할 수 없는 진짜 귀한 술이구나!

"제가 잠깐 살펴봐도 되겠습니까?"

"아, 네."

하 표두는 조심스레 상자 안의 병을 하나 꺼내어 살폈다.

병의 목을 감싼 종이에는 언제 술을 담갔는지가 적혀 있었다.

"그리고 빙련주는 오래 묵을수록 귀하게 칩니다. 어디 보자…… 허억!"

순간 하 표두의 숨이 멎은 것 같았다.

"파, 파……."

"하 표두님! 진정하십시오!"

"허억! 허억!"

나는 하 표두님이 왜 그런 반응인지 궁금하여 병을 감 싼 종이를 슬쩍 보았다.

헉! 파, 팔백 년?

그 정도면 조사님께서 살아계시던 시기에 담근 술이라 는 뜻이다.

이건 진짜 말 그대로 부르는 게 값일 거다.

"팔백 년 전이면…… 이 술의 향취는 이루 말할 수 없 을 정도일 겁니다."

"그렇겠군요."

"십 년만 묵어도 그 풍미가 엄청난데, 팔백 년이라니!"

하 표두님이 말을 이었다.

"그리고 이 술은 빙련으로 담가서 정신을 맑게 해 줍니 다. 어지간한 고민이나 번뇌는 싹 날려 버릴 정도죠."

"……."

나는 조사님이 왜 이 술을 나에게 선물로 주었는지 알 것 같았다.

이거 마시고 정신 차리라는 의미겠지.

하지만 조사님, 저 이미 정신 차렸거든요.

그러니까 이 술은 저 과도하게 눈을 반짝이는 하 표두
님과 표국에 계시는 사부님께 좀 드리고 나머지는 복수
를 마친 날, 축배를 들 때 쓰겠습니다.

백천상단과 무림맹에 시원하게 한 방 먹인 날을 기념해
서요.

                        * * *

하철 표두는 지금 자신이 보고 있는 것이 꿈이 아닌가
싶었다.

'후! 하마터면 심장마비에 걸려 죽을 뻔했군!'

그만큼 놀라운 일이었다.

팔백 년 전의, 그것도 설풍궁에서 만든 술이라니!

설풍궁이 멸문했을 때, 그는 서른 살 정도였다.

그는 설풍궁의 제자였지만, 외부에서 표두로 일하고 있
었다.

설풍궁의 법도 중 하나로, 무공이 일정 경지에 이르게
되면 십 년 정도 외부에서 활동하도록 했기 때문이다.

그걸 세설행(洗雪行)이라고 불렀다.

설풍궁이 외부와 단절되지 않기 위함이었다.

덕분에 설풍궁에서 만드는 빙련주를 알고 있던 것.

설풍궁의 빙련주는 영약으로 취급되는 빙련을 원료로
만든 데다가, 특수한 방법으로 밀봉했기에 천 년까지도
보관이 가능한 술이라 불렸다.

그 특수한 밀봉의 특징 중 하나가 하얀색 종이를 연꽃 모양으로 만들어 마개 부분을 감싼 것이었다.

그리고 빙련이 십 년에 한 번 피기에 빙련주 역시 그 기간에 맞춰 제조했다.

그리고 세설행을 나가는 제자와 세설행에서 돌아온 제자에게 한 잔씩 하사되었다.

하철 표두는 자신이 세설행을 나설 때 마셨던 빙련주의 맛을 잊지 못하고 있었다.

말로 설명할 수 없을 정도로 청량하면서, 동시에 모든 감각이 깨어나는 기분이었다.

게다가 모든 번뇌가 사라지는 그 기분이란.

'이걸 두 번 다시는 보지 못할 줄 알았는데……'

그는 감격에 젖은 표정으로 은서호를 보았다.

반면, 은서호는 아직 이 빙련주가 어떤 의미인지 정확하게 알지 못하는 표정이었다.

하긴 그럴 수밖…… 어?

"그런데 소단주님."

"아, 네."

"대체 여기에 이 술이 있다는 건 어찌 아시고 땅을 파라고 하신 겁니까?"

문득 그의 생각이 거기에 미쳤다.

"솔직히 깨어나자마자 갑자기 팔갑 소이에게 땅을 파라고 하셔서 좀 이상한 눈으로 봤습니다만……."

"아, 그게요."

은서호는 귀밑을 긁적이며 말했다.

"꿈에서 한 잘생긴 남자분이 나타나셔서 여기를 파 보라고 하셔서요. 선물을 준비했다고 하시더라고요."

"그분께서 혹시, 허리춤에 파란색 노리개를 하고 계시지 않으셨습니까?"

"맞습니다."

"세상에…… 저희 설풍궁의 조사님이십니다."

"아……."

하철 표두는 그제야 설풍궁주 곽명현의 결정을 이해할 수 있었다.

곽명현은 설풍궁의 소궁주로 은서호를 지목했었다.

많은 이들이 의아해했을 때, 그는 이렇게 말했다.

"그분은, 조사님이 준비하신 차기 궁주입니다."

그때는 그 말을 이해할 수 없었다.

그 결정을 인정하기도 힘들었고.

아무리 제자라고 하지만 곽명현의 혈육이 아닌 것도 모자라, 전혀 설풍궁과 관련이 없는 생뚱맞은 상단의 셋째 아들을 소궁주로 삼는단 말인가.

하지만 지금 그는, 은서호가 조사님이 준비한 차기 궁주라는 말을 믿을 수밖에 없었다.

자신의 눈앞에 조사님이 활동할 때 만들어진 것이 분명한 빙련주라는 증거가 나타났으니까.

"아, 이거 한 병 드릴게요."

"저, 정말 주시는 겁니까?"

"네. 그런데 지금은 이동 중이라서 보관하기 어려우니까 제가 보관하고 있다가 돌아가면 드리겠습니다."

"알겠습니다만, 어떻게 보관을?"

그의 말에 은서호가 살짝 웃으며 말했다.

"사실 저에게, 황제 폐하께서 하사하신 기물이 있거든요."

"그렇군요."

아마, 자신 앞의 이 미청년은 모를 거다.

다시 빙련주를 마시지 못한 그는 아직 자신의 세설행을 끝마치지 못했다는 것을.

"무사히 돌아오너라, 철아."

그리 말씀하시며 자신의 잔에 빙련주를 따라 주시던, 돌아가신 선대 궁주님이 보고 싶어졌다.

* * *

우리는 다시 길을 떠났다.

나는 힐끔 뒤를 돌아보았다.

이전 삶에서 나와 내 사람들이 죽었던 장소.

그래, 기억이라는 건 사라지지 않는다.

하지만 이곳은 더 이상 나를 긴장시키고, 두려운 기억을 떠올리게 하는 장소가 아니다.

각오를 다지고, 투지를 불태우게 하는 장소가 될 것이다.

가끔 생각하곤 한다.

내가 죽은 뒤, 은해상단이 어찌 되었을지.

당연히 식솔들은 다 죽었을 거다. 그리고 은해상단은 풍비박산…….

아니, 남궁강 상단주의 욕심 많은 성격을 봐서 은해상단을 홀랑 먹어치웠을 거다.

먹음직스러운 부위가 가득한 상단이었으니까.

아, 속 쓰려.

그걸 생각하니 속이 싹싹 쓰려왔다.

그래, 그런 개 같은 결말을 맞이하지 않으려면 힘을 키워야 한다.

천하제일 상단이 되어야 한다.

그리고 백천상단과 무림맹의 뒤통수를 후려쳐야지.

그렇게 며칠을 이동한 끝에 우리는 항주에 도착할 수 있었다.

"이곳이, 항주라는 곳입니까요?"

팔갑의 물음에 하 표두가 대답했다.

"그렇습니다."

내가 빙련주를 한 병 주기로 해서 그런가?

그의 태도가 이전에 비해 부드러워졌다.

게다가 내게는 공손함까지 더해진 느낌이었다.

그전까지는 예비 사위의 형제고, 사부님께서 부탁하신 만큼 적당히 예의를 차리는 정도였는데 말이지.

빙련주가 그렇게 귀한 거였나?

없던 공손함이 생길 정도로?

그리 생각하다가 이내 피식 웃을 수밖에 없었다. 그건 항주의 풍광을 바라보는 팔갑과 호위무사들의 표정 때문이었다.

커다란 서호와 그 호수 위에 떠 있는 배들, 그리고 작은 섬들.

그 모습이 마치 신선이 노니는 도원과도 같은 모습이었다.

겨울도 겨울 나름대로의 정취가 있긴 하지.

그런데 서우 무사가 저런 표정을 지을 줄은 전혀 예상하지 못했다.

"모두 이곳 항주는 처음이신가요?"

"아, 네."

서우 무사가 대답했다.

"저는 표국에서 일할 때 운남 쪽 전담이었습니다."

"진유 무사님도요?"

"네, 기회가 없었습니다."

"저희도 이상하게 이쪽 표행은 걸리지 않더라고요."

"그런 거죠. 하하하."

그렇다면 이렇게 항주에 온 김에, 좋은 주루에 가서 놀다 오는 것도 나쁘지 않을 듯했다.

물론 일을 해결한 후에 말이지.

술은 마시지 못하겠지만 그래도 여기는 풍경이 다 했으니까.

그리고 나중에 이곳에 주루를 인수하러 올 때는 손님들도 없고, 관리도 제대로 되지 않아서 지금 같은 느낌이 안 날 테니까.

.

.

.

"저곳이 양양무관입니다."

하 표두가 서호 인근에서도 약간 변두리에 위치한 건물을 가리켰다.

양양무관은 겉보기에는 정말 평범한 무관의 모습이다.

한 오백 평 정도로 보이는 제법 넓은 부지를 빙 두른, 검은 기와를 얹은 담장이 보였다.

그리고 그 안의 건물들이 보였고, 무공을 익히는 중인 듯 아이들의 기합 소리가 들려왔다.

"하앗!"

"핫!"

"팔 더 펴고!"

"하앗!"

"다리는 너무 넓게 벌리지 마라!"

"하압!"

문지기가 따로 없었기에 우리는 하 표두의 안내를 따라 무관의 문을 통과했다.

아이들을 지도하던 젊은 무사가 우리를 발견했는지 아이들에게 쉬라고 한 후, 우리에게 다가왔다.

"하 사백님 오셨습니까?"

"그래, 관주님께서는 어디 계시냐?"

"지금 잠시 외출하셨습니다."

그때 우리 뒤에서 낯이 익은 목소리가 들렸다.

"어? 하 형 오셨습니까?"

우리가 뒤를 돌아보자, 익숙한 인물이 막 대문을 통해 들어오고 있었다.

이곳의 관주인 염진연 대협이다.

그는 하 표두에게 반갑게 인사를 하더니, 나를 보며 깜짝 놀랐다.

"어? 은 소협이 여긴 어쩐 일이십니까?"

하 표두가 진중한 표정으로 대신 말했다.

"궁주님의 전권을 위임받고 오셨네."

.

.

.

양양무관의 관주실.

잠시 정적이 흘렀다.

우리는 염 대협, 아니 염 관주가 진정할 때까지 기다려 주었다.

"음…… 그러니까 은 소협도 설풍궁의 제자라는 말입니까?"

"예, 궁주 되시는 곽 표두님께 무공을 사사하고 있습니다."

"그런데 왜 그땐 설풍궁에 대해 모른 척하셨던 겁니까?"

"그건 죄송하게 되었습니다. 사부님께서 되도록 비밀로 하라고 하셔서……."

"아…… 그렇다면 어쩔 수 없죠. 그러면 전에 주신 후원금은……?"

"이곳의 아이들은 제 사제가 아닙니까? 그러니 사형 된 마음으로 내어드린 겁니다. 그리고."

나는 말을 이었다.

"또 후원하겠다고 한 약속을 지키기 위해서 온 것이기도 합니다."

"그렇군요. 그런데 명현이 그 녀석이 전권을 위임할 정도라면 꽤 신뢰한다는 뜻인데……. 그 녀석이 단순히 제자라고 해서 신뢰할 녀석도 아니고."

설풍궁의 궁주를 칭하는 호칭치고 너무 친근하여 나는 조심스럽게 물었다.

"혹시, 전에 말씀하셨던 돌아가셨다는 친우 분이 저희 사부님이십니까?"

"아, 네. 맞습니다. 죽었다는 건 거짓말이지만요."

"역시, 그렇군요. 그런데 관주님께서는 설풍궁의 제자가 아니신 듯합니다만……."

"맞습니다."

염 관주가 웃으며 고개를 끄덕였다.

"저는 설풍궁의 제자가 아닙니다. 그러니까 명현이를 궁주가 아닌 이름으로 부르는 거죠."

하긴 어떤 제자가 궁주를 이름으로 부르겠는가.

그는 멋쩍게 웃으며 내 의문을 풀어 주었다.

"사실, 제 딸 현이를 보러 왔다가 눌러앉으면서 어쩌다 보니 관주까지 하게 되었습니다. 그건 그렇고, 저희 무관의 사정에 대해 들으셨습니까?"

"네, 그것 때문에 제가 왔습니다. 아무래도 상단에서 일하니만큼 무언가 해결 방법을 찾을 수 있지 않을까 해서 말입니다."

"그렇군요. 안 그래도 방금 전 외출을 다녀온 것도, 이 땅을 소유한 장주의 호출 때문이었습니다."

그는 한숨을 내쉬었다.

"공사 시작일이 확정되었습니다. 내년 삼월 중순부터 시작하기로 했다고 합니다. 그런데."

그는 아무 감정이 드러나지 않는 얼굴로 말을 이었다.

"여기 무관의 철거 비용을 달라고 하더군요."

"네?"

내가 지금 뭘 들은 거지?

뭘 달라고?

나는 염 관주에게 다시 물었다.

"철거 비용을 달라고 했다고요?"

"네."

염 관주의 얼굴에 표정이 드러나지 않은 건 정말 감정이 없기 때문이 아니다.

어이가 없어서였다.

십 년 넘게 잘 살고 있는 자들에게 갑자기 나가라고 하는 것도 모자라, 보상은 못 해 줄망정 철거 비용까지 요구한다니.

물론 땅 주인은 퇴거를 요청할 권리가 있다.

하지만 불법적으로 지은 건물도 아니고 허락을 받아 지은 건물이다.

그렇다면 도의적으로도 보상을 해 주는 게 맞다.

그런데 철거 비용을 달라고?

"혹시, 땅을 임대할 때 작성했던 계약서 같은 거 있습니까?"

"아, 네. 있긴 합니다만 그다지 도움이 되지는 않을 겁니다."

그리 말하며 염 관주는 계약서를 가지고 왔다.

나는 계약서를 읽어 보았다.

을은 갑에게 ××에 위치한 땅 오백 평을 빌리는 대가로 매년 정월에 은자 다섯 냥을 납부한다.

진짜 한 가지 조항으로만 이뤄진 계약서다.

왜 도움이 되지 않을 거라고 했는지 알 것 같았다.

그나저나 오백 평에 은자 다섯 냥이라니!

임대료가 싼 것을 보면 뭔가 이유가 있을 것 같은데.

그런데 이전 관주는 몰라도 장주 정도 되면 아무리 사소한 계약서라도 이렇게 허투루 작성하지는 않았을 텐데.

최소한의 구색은 갖출 터.

뭔가 이상한데……

나는 계약서를 탁자 위에 놓으며 말했다.

"이거 뭔가 이상하지 않습니까?"

"어떤 부분 말씀이십니까?"

"이 계약서요. 계약서를 작성하신 분이 전대 장주님과 전대 관주님이시겠지요?"

"맞습니다."

"관주님이라면 모를까, 장주님이라면 일반적으로 이런 계약서를 쓰실 리가 없습니다. 수많은 사람과 땅을 관리하는 분이 작성한 계약서가 달랑 한 줄인 것이 이상하지 않습니까?"

내 말에 하 표두가 고개를 끄덕였다.

"확실히 이상하군요. 전대 장주님은 이 근방에서 알아주는 재력가였습니다. 그리고 그만한 돈을 다루는 분이라면 아무리 호의로 계약서를 작성한다고 해도 구색은 갖추기 마련입니다."

하 표두 역시 나와 같은 의견이었다.

사부님보다 표사 선배라고 했으니, 이런 계약서를 자주

봤을 터.

그러니 내 말의 의도를 곧바로 알아차린 거다.

"꽤나 철두철미하신 분으로 알고 있습니다. 그리고……."

하 표두가 말을 이었다.

"전대 관주님 역시 무공만 아는 바보는 아니셨죠."

염 관주도 우리의 대화를 듣고는 고개를 끄덕였다.

"그러고 보니 확실히 이상하군요."

나는 계약서를 보며 말했다.

"이 계약서에 뭔가가 숨겨져 있을 가능성이 있습니다."

우리는 계약서를 꼼꼼히 구석구석 살피기 시작했다.

하지만 아무리 샅샅이 뒤져봐도 특별한 게 발견되지 않았다.

두께가 다른 곳도 없고, 숨겨진 글씨가 보이는 것도 없고, 계약서 내용 역시 말장난의 기미가 하나도 없는 정말 정석적이고 직관적인 문장이었으니까.

"하아……."

나는 한숨을 내쉬며 계약서를 내려놓고 천장을 바라보며 말했다.

"어렵네요. 분명히 뭔가 있을 거 같은데……."

"그러게 말입니다."

하 표두와 염 관주도 좀 지친 듯 의자에 등을 기댔다.

아, 너무 오랫동안 종이를 들여다봐서 그런가? 눈앞이 잔상으로 아른거리네.

분명히 뭔가 있는데 여기서 포기할 수는 없지.

이 정도로 포기한다면, 천하제일 상단을 만들겠다는 목표도 달성하지 못할 거다.

나는 다시 정신을 차리고 계약서를 살펴봤다.

전대 관주와 전대 장주의 인장이 찍혀 있는 곳을 본 나는 눈을 비볐다.

아직 잔상이 눈에 남아 있는 건가?

아, 잔상이 아니었구나.

장주의 인장이 찍힌 곳에 있는 작은 점은 먹물이 떨어진…….

아니, 아니다.

이건 먹물이 떨어진 것이 아니다.

보통 모든 사항을 조율하고 더 이상 수정할 곳이 없을 때 최종적으로 계약서를 쓰고 인장을 찍는다.

물론, 붓에서 먹물이 떨어진 곳에 인장이 찍힌 것일 수도 있다.

그러나 이건 먹물이 떨어진 흔적이 아니다.

먹물이 떨어진 흔적과 일부러 점을 찍은 건 그 모양이 달랐으니까.

즉, 장주의 인장의 이 작은 점은 일부러 찍은 거라는 의미다.

그리고 보니 장주의 인장의 모양이 좀 특이하네?

두 분이 나를 보고는 조심스럽게 물었다.

"뭘 발견하신 겁니까?"

"이거 좀 이상하지 않습니까?"

나는 장주의 인장을 가리키며 내 생각을 말했고, 두 분 모두 고개를 끄덕였다.

"그러고 보니……."

"확실히 이상하군요."

"그런데 이 인장 말입니다. 뭔가 좀 모양이 특이하네요."

"그런가요?"

어딘가 낯이 익었다.

분명 어디선가 본 적이 있는 모양인데…….

일각 정도 계약서를 이리저리 돌려 가면서 인장의 문양을 살피던 중.

"……!"

순간 뇌리에 번개가 치는 듯했다.

인장의 모양이 뭘 뜻하는지 알 것 같았기 때문이다.

"알았습니다."

"네?"

"이 인장의 모양, 서호와 그 근방을 형상화한 것입니다."

내 말에 하 표두와 염 관주는 고개를 갸웃하며 인장을 들여다보았고, 천천히 계약서를 돌리며 살피던 그들은 이내 놀랍다는 표정을 지었다.

"허!"

"저, 정말이군요!"

이전 삶에서 항주의 사업을 위해 이곳 서호 근방을 많이 조사한 덕분이다.

이 근방을 숱하게 돌아다니면서 직접 살폈고, 자세한

지도까지 만들었으니까.

"그럼 여기에 찍은 이 점은……."

나는 고개를 끄덕이며 말했다.

"네. 아마도 이곳에, 뭔가가 숨겨져 있을 가능성이 큽니다."

.

.

.

실마리를 찾긴 했지만, 우리는 그걸 찾는 것을 며칠 뒤로 미뤘다.

외부 사람들이 왔으니 장주의 사람들이 이곳을 지켜보고 있을 수도 있으니까.

그러니 괜히 저들을 경계하게 하는 행동은 지양해야 한다.

나는 관주의 집무실에서 나왔다. 그리고 염 관주의 안내를 받아 이곳저곳을 둘러보기로 했다.

음, 건물이 전체적으로 낡아 있군.

곧 우리는 아이들을 돌보는 모습을 보게 되었다.

"좀 바빠 보이는군요."

"그렇긴 합니다. 하하하."

이곳은 무관의 현판을 달고 있기는 하지만, 동시에 아이들을 키우는 곳이기도 하다.

즉, 이곳에서 크는 아이들의 적잖은 수가 아직 아장아장 걷는 어린아이들이라는 의미다.

보모들이 다섯 명이나 되었지만, 모든 아이를 돌보기에
는 확실히 손이 부족해 보였다.

그나마 아직 누워 있는 아이들은 좀 나았지만, 이제 막
움직이기 시작하는 아이들은 좀처럼 가만히 있지를 못했
으니까.

"제가 좀 도와드려도 되겠습니까?"

"괜찮으시겠습니까?"

염 관주가 걱정스럽게 말했다.

"솔직히 아이들이 말을 잘 듣지 않을 겁니다. 그리고 시
도 때도 없이 울고…… 대체 왜 우는지도 모르겠고……."

왜 육아에 지친 아버지를 보는 것 같지?

"그렇다고 아이들이 밉다거나 그런 건 아니지만……."

"네, 압니다. 이해합니다."

"이해해 주시니 감사합니다."

"아무튼, 오늘은 일정이 없으니 좀 돕도록 하죠."

나는 팔갑과 함께 아이들에게 다가갔다. 그리고 염 관
주는 보모들에게 나에 대해 설명했다.

"아! 그때 그 후원자셨군요."

"얼마나 감사했는지 몰라요."

"저희를 도와주신다니 감사하지만, 괜찮으시겠어요?
아이들을 돌보는 건 생각보다 힘듭니다."

"네, 괜찮습니다."

대도 춘일을 만나 정보를 받아야 하지만, 그건 밤중에
할 일이니까.

저녁 먹을 때까지는 별 할 일이 없으니, 이렇게 점수를 좀 따 놔야지.

"그럼 부탁드려요."

"혹시 가능하시다면, 아이들이 빨리 지칠 수 있게 놀아 주시면 좋을 것 같아요. 안 그러면 애들이 밤에 잘 안 자거든요."

"아⋯⋯."

나는 고개를 끄덕였다.

"밤에 자지 않으면 성장에 해가 되지요. 알겠습니다."

몇 가지 주의사항을 듣고는 아이들에게 다가갔다.

아이들은⋯⋯ 모두 스물세 명이군. 네 살에서 여섯 살 사이의 아이들이다.

나는 아이들에게 다가가며 부드럽게 웃었다.

"안녕."

"어⋯⋯."

"아⋯⋯."

처음 보는 사람이 다가오자, 아이들은 순간 움찔했지만 이내 도도도 달려왔다.

"아, 안녕하세요."

그리고 몸을 배배 꼬면서 인사를 하는 것이 아까 봤던 것과 좀 딴판이었다.

얌전한데?

속으로 의아해하며 슬쩍 보모들을 보자, 다들 어처구니가 없다는 듯한 표정이었다.

왜 저러지? 애들이 얌전하면 좋은 거 아닌가?

옆에서 팔갑이 들릴 듯 말 듯한 목소리로 중얼거렸다.

"역시, 이 세상은 아이들도 얼굴만 밝히는 더러운 세상이었어."

"응? 뭐라고?"

"아무것도 아닙니다요."

나는 고개를 갸웃하다가 아이들에게 다시 고개를 돌렸다.

"오늘은 나와 같이 놀 거야."

그러고는 팔갑에게 호리병과 끈을 가져오라고 했다.

나는 그것을 받아서 호리병을 끈으로 묶었고, 아이들을 보며 말했다.

"지금부터 이 호리병을 잡는 거야. 호리병을 잡는 아이들에게는 상으로 맛있는 당호로를 줄게."

"와!"

"그럼 시작!"

호리병을 아이들의 손이 닿을락 말락 흔들자, 아이들은 그 호리병을 잡기 위해 이리저리 달려들었다.

"자, 여기 잡아 봐."

"와아아!"

"에잇!"

"앗!"

"여기 있네!"

너무 잡기 어려워서 싫증이 날 거 같은 분위기면, 조금 아래로 내려서 잡을 수 있게 해 주었다.

"와! 잡았다!"

결국 호리병을 잡은 아이가 나오자, 아이들의 눈에는 희망이 맴돌았다.

그렇게 아이들과 놀아 주기를 한 시진쯤 하자, 지친 아이들이 나오기 시작했다.

하지만 나는 멀쩡했다.

아이들과 놀아주는 게 힘들다고 해도, 무인으로서의 체력이나 내공은 이를 가볍게 상쇄한다.

절정에 오른 후에도 사부님의 가르침에서 체력 단련은 빠지지를 않아서, 지금은 삼박 사일 동안 나무에 매달려 있어도 지치지 않을 수준이다.

음…….

사부님께 감사해야 하나?

그런 생각을 하며 아이들 모두가 호리병을 잡을 수 있게 조절했다.

애초부터 모든 아이들에게 당호로를 줄 생각이었으니까.

그때 팔갑이 당호로를 사오면서 놀이는 끝났다.

당호로는 산사나무 열매를 꼬치에 꽂아 설탕물을 발라 굳혀 먹는 간식이다.

물론 설탕을 굳혀서 먹어야 하기 때문에 날씨가 추운 겨울에만 먹을 수 있다.

원래 이곳 절강성은 따뜻한 지역이기에 한겨울에만 먹

을 수 있는데, 이번에는 날씨가 빨리 추워지면서 벌써 당호로를 파는 상인들이 나오기 시작했다.

아이들에게 당호로를 주는 이유는, 산사나무 열매가 감기를 막아 주는 효능이 있기 때문이다. 또한 피로회복이나 피부미용에도 좋은 음식이다.

물론 겨울에 남아 있는 과일이 산사나무 열매밖에 없어서기도 하지만, 이런 효능들이 있기에 이것으로 당호로를 만드는 거다.

그리고 새콤달콤하니 맛도 있고.

이렇게 당호로를 먹으며 아이들과 앉아 있으니, 이것도 나름 나쁘지 않았다.

아이들이 당호로를 다 먹었다는 것을 확인한 나는 자리에서 일어났다.

먹었으면 이제 또 움직여야지.

먹고 움직이지 않으면 살이 찌면서 몸이 둔해질 거다. 그러면 무공을 익히는 데 별로 좋지 않다.

짝짝!

"자, 그럼 이제 다른 놀이를 해 볼까?"

"네!"

.

.

.

슬슬 해가 질 때쯤 되자, 아이들도 지친 듯 조는 아이들이 보였다.

몇 시진이나 뛰어다녔으니 당연하겠지.

이를 본 보모들은 아이들을 재운 후, 내게 다가와 감동한 표정으로 감사를 표했다.

"이렇게까지 완벽하게 놀아주시다니!"

"정말 대단하세요."

"오늘 밤에는 좀 편하게 쉴 수 있겠네요."

"하하하."

그냥 열심히 놀았을 뿐인데 칭찬받으니, 쑥스럽네.

"그런데, 괜찮으세요? 피곤하지 않으세요?"

그 물음에 나는 웃으며 말했다.

"괜찮습니다. 이 정도야 뭐……."

아이들이 잠든 방 쪽을 흘깃 보고는 보모들에게 물었다.

"그나저나 북해빙궁의 아이들을 키우는 것치고는 생각보다 많지 않군요."

북해빙궁의 규모가 상당하다고 들었으니까.

"그럴 수밖에 없는 게, 보통 북해빙궁의 여인들은 혼인을 하지 않거든요."

북해빙궁에서 혼인을 금하지는 않지만, 나름대로의 사연을 가지고 입궁한 이들이다.

그렇기에 혼인 같은 건 생각하지 않는 거다.

"그래도 어쩌다 남자를 만나 혼인을 한다고 해도 대부분은 아이의 아버지가 아이를 기릅니다만…… 그게 불가능한 경우가 있죠."

보모는 씁쓸한 표정을 지었다.

"아이의 아버지가 죽거나 아니면……."

버렸거나.

"그나저나 걱정이네요. 이 추운 날씨에 이사를 가야 한다니……."

"그러게요."

"아이들이 감기에 걸리지 않을까 걱정입니다."

그녀들도 이곳에서 오래 일한 만큼 사정을 알고 있었다.

무관이 겨울 중으로 이사를 해야 한다는 것을.

그리고 보니 장주가 더 괘씸하네.

아이들을 기르는 곳인 것을 알 텐데도 이런 한겨울에 이사를 가라니, 제정신인가?

이번 겨울은 정말 추워서 서호의 물이 꽁꽁 얼어 버릴 정도였다.

따뜻한 지역에 있어서 웬만하면 얼지 않는 서호인데 말이지.

.
.
.

그날 밤, 나는 몰래 무관을 나섰다.

그러곤 조용히 서호 주변을 거닐며 정취를 즐겼다.

서호에는 서호십경(西湖十境)이라는 것이 있다. 그중 하나가 단교잔설(斷橋殘雪)이다.

다리에 눈이 쌓여 마치 다리가 끊어진 것처럼 보이는 풍경이라는 거다.

하지만 올해부터 몇 년은 눈이 무척 드물게 오니, 몇 년간은 보지 못할 풍경이다.

그래도, 이 추운 날씨에 배를 타고 유람하는 이들도 있긴 하구나.

그렇게 풍경을 보고 있자, 익숙한 기운이 조용히 다가왔다.

"오랜만에 뵙습니다."

이제는 우리 상단 정보대의 일원이 된 대도 춘일이다.

뒤를 돌아보자, 내가 알던 얼굴과 전혀 다른 얼굴의 남자가 서 있었다.

목소리 역시 바뀌어 있었고.

역시 언제 봐도 엄청난 변장술이다.

그는 조용히 내게 보고를 시작했다.

"현 장주의 이름은 성준. 전대 장주에 비해 능력이 부족하긴 하지만, 그렇게까지 무능한 편은 아니라고 합니다."

"뭔가 느낌이 오는군요."

"예, 전대 장주가 상당히 인망이 높았던 것에 비해 현 장주는 욕심이 많아서 그 평이 별로 좋은 편이 아닙니다."

역시나…….

세상에는 호부 아래 견자가 많다.

"전대 장주인 성지명 장주는 능력도 뛰어나고 인망도 높은 대단한 사람이었다고 합니다. 지금 성가장의 성세도 그 대에서 만들어진 것이나 다름없다고 합니다."

"그렇군요."

"이번 일도 현 장주인 성준 장주의 욕심 때문에 벌어진 일로 보입니다. 새로 유흥 사업을 시작하려고 한다더군요."

잠깐, '새로' 유흥사업을 '시작'한다고?

그러면 전대 장주님은 그런 사업에 전혀 손을 대지 않았다는 뜻이다.

항주에서 돈을 버셨다면 손대 볼 법도 한데, 왜지?

＊　＊　＊

서호 인근에 위치한 성가장.

전대에 급격히 성장해 인근에서도 나름 이름이 알려질 정도로 부유해진 곳이다.

하지만 그 아들인 성준은 거기서 만족하지 못하고, 더 부유해지길 원했다.

제법 많은 땅을 소유하고 있지만, 이 지역의 부자들 사이에서는 중간 정도밖에 되지 못했기 때문이다.

서호 인근에서 가장 돈이 많은 이들은 대부분 주루나 다루 등을 운영하는 이들이었다.

하여 성준 장주 역시 주루를 세우기로 했다.

주루를 세워 서호 인근 최고의 거부가 되고 싶었기 때문이다.

마침 서호 인근에 적당한 땅도 있었으니까.

그 땅이 서호에서 약간 떨어져 있는 곳이기는 해도 높은 건물을 세우면 그 단점은 사라질 터.

그간 성가장에서 주루 운영과 같은 일을 하지 않은 것은 전대 장주의 기조 때문이었다.

그는 성 장주에게도 그런 내용의 유지를 남겼다.

"준아, 우리 성가장이 오랫동안 이어지기를 원한다면 주루 사업이든 뭐든 유흥을 위한 사업에는 손대지 말거라."

"네? 어째서입니까?"

"우리 가문은, 그런 사업을 감당할 만큼의 깜냥이 되지 않으니까."

하지만 그는 돌아가신 아버지에게 말하고 싶었다.

아버지가 틀렸다고.

성가장 역시 그런 사업을 감당할 깜냥은 충분하고, 사업을 시작했어야 한다고.

지금이라도 늦지 않았다.

주루 사업을 성공해서 아버지에게 당당한 아들이 되고 싶었다.

물론 돈도 긁어모아 항주 최고의 부자가 되고.

그래서 그는 성가장을 물려받은 지 오 년 만에 주루 사업을 시작하기로 결심했다.

주루의 부지에는 아버지가 머물기를 허락하여 십여 년 넘게 머물고 있는 무관이 있긴 했다.

상관없었다.

원래 땅 주인이 나가라고 하면 나가야 하는 거 아닌가?

이사를 하기에는 날씨가 추웠지만, 그런 건 자신이 알 바가 아니었다.

'게다가 무려 삼 개월이나 먼저 통보했으면 제법 자비로운 거지. 암!'

그러던 중, 총관이 그에게 찾아와 보고했다.

"장주님, 건축업자들과 논의해 봤는데 그 부지의 건물을 철거하는 데만 은자 서른 냥 정도가 들어간다고 합니다."

"그래?"

생각해 보니 그 돈을 자신이 낼 이유가 없었다.

결자해지라고, 그곳에 건물을 지은 자가 건물 철거 비용까지 내야 하는 거 아닌가?

게다가 계약서에는 다른 내용은 없었고, 오직 땅을 빌리는 대가로 매년 은자 다섯 냥을 지불한다는 것뿐.

게다가 그 땅을 사겠다고 했으니, 돈이 없는 것 같지도 않고.

양양무관의 관주가 항의했지만, 그는 그 반발을 무시했다.

그래 봤자 어쩌겠는가? 그 땅의 주인은 자신인데.

잠시 아버지의 말씀이 떠올랐지만.

"양양무관에 대해 항상 예를 갖춰 대하도록 하여라. 그들은 내 목숨을 구하고 가문을 구한 은인이니……."

이내 고개를 저으며 잊어버렸다.

'그들이 구한 건 이미 돌아가신 아버지고, 나와 별 상관도 없는 일이니까. 그나저나 그곳에 손님이 왔다고 하던데?'

혹시나 싶어 그들을 살펴보게 했지만, 들려오는 보고는 별것 없었다.

그저 아이들과 놀아주고 있다고.

'뭐, 이사를 돕기 위해 왔나 보지.'

그는 그 손님들에 대해 더는 신경 쓰지 않기로 했다.

* * *

며칠이 지나자, 감시하는 눈길이 느껴지지 않았다.

이제 슬슬 행동을 시작할 때다.

나는 호위무사들을 데리고 무관을 나섰다.

지도를 보면서 내 기억과 대조하며 그 인장에 찍힌 점이 가리킨다고 추정되는 곳으로 향했다.

이전 삶에서 몇 달이나 이곳 주변을 돌아다녔고, 지도까지 만들었기에 이곳의 지리에는 훤하다.

하지만 지금의 나는 이곳이 처음이기에 일부러 지도를 챙겨 나온 것이다.

"주군, 이곳의 지리를 잘 아시는 것 같습니다."

"이곳 지도를 하도 많이 봤더니 찾기 쉽네요."

"그래도, 저희보다 길을 잘 찾으시는 것 같아 신기합니다."

나는 서우 무사의 말에 피식 웃었다.

지도를 챙겨 나오길 잘했군.

내가 방향 감각과 기억력이 좋다고 해도 지도도 보지 않고 너무 잘 찾아가면 이상하게 보일 테니까.

"저희 백미루로 오세요!"

"거기 잘생긴 오라버니들~. 잘해 드릴게요."

열심히 호객하는 기녀들을 보며 팔갑이 얼른 나에게 붙었다.

"왜?"

"도련님을 보호해야 할 것 같아서 말입니다요."

"괜찮아. 내가 저기에 혹해서 탈탈 털릴 사람이냐?"

"하긴, 그렇긴 합니다요."

곳곳에서 들려오는 기녀들과 손님들의 웃음소리, 그리고 술에 취해 소리를 빽빽 지르며 주사 부리는 소리가 음악 소리와 함께 어지러이 들렸다.

기녀들의 분내와 향내, 그리고 술과 안주 냄새가 거리에까지 진동했다.

그렇게 주루가 밀집한 곳을 지나치자, 서호가 보였고 그 주변으로 백여 개가 넘는 붉은 색 등불이 주변을 밝히고 있었다.

이런저런 간식거리를 파는 노점상들이 켜 놓은 등불인데, 벌써 날이 추워 노점상들이 고생이 많아 보였다.

아직 얼지 않은 서호에는 등불을 켠 배들이 오가고 있었다.

사람들 사이에서 비공식적으로 서호를 일컫는 말이 있다.

밤이 없는 곳.

그건 낮이나 밤이나 사람들이 언제나 북적이는 곳이기 때문일 터.

즉, 사람들이 열심히 돈을 쓰는 곳이라는 의미다.

성 장주 역시 그 돈을 바라고 주루를 짓는다는 것일 터.

양양무관의 부지가 서호와 조금 떨어져 있기는 해도 건물을 높이 올리고, 조금 가격을 싸게 받거나 하면 수익이 안 나지는 않을 거다.

하지만 투자금을 회수하기까지 상당히 오랜 시간이 걸릴 것이고, 생각하는 것처럼 돈을 긁어모을 정도도 아닐 거다.

게다가 주루를 세우고 얼마 안 돼서 금주령이 내려진다는 게 큰 문제지.

나도 지금 당장 이곳의 유명한 주도가나 주루를 손에 넣을 생각은 아니다.

지금 "이곳을 나에게 넘기시오!"라고 해도 "뭐래?"라고 하면서 내 제안은 거들떠보지도 않을 테니까.

내가 생각하는 시기는 대략 이 년 후쯤.

미리 준비를 많이 하고, 황제에게 조언을 했다고 해도 흉년 자체를 막을 수는 없다.

만약 민란이 벌어져도 소규모일 거고, 아사자도 많이 나오지는 않겠지만, 아마 금주령까지는 내려질 것이다.

그만큼 극심한 대흉년이니까.

그런 생각을 하며 호위무사들을 슬쩍 살폈다.

기녀들의 노골적인 추파에 약간 홍조가 돌기는 했지만, 눈길도 주지 않는 모습.

내가 호위무사들을 잘 고르긴 했네.

그렇게 약 이 각 정도 걸어서 한 낡은 전각 앞에 도착했다.

"이곳입니까?"

"네, 여기일 겁니다."

나는 그리 대답하며 전각을 자세히 살폈다.

규모는 비교적 아담한 편이었는데, 서호의 전설 속에 나오는 두 선인인 옥룡과 금봉을 모신 전각이다.

옛날 옥룡과 금봉이라는 선인이 은하수 옆의 신선들이 거하는 곳에서 백옥을 발견하여 수십 년 동안 다듬어 명주를 만들었다.

그 명주는 신비한 힘이 있어 그 빛이 비추는 곳은 초목이 무성하게 되었는데, 그 빛을 본 서왕모가 명주를 뺏어 갔다.

이에 옥룡과 금봉은 서왕모와 다투었고, 그 와중에 명주가 인세에 떨어져 서호가 되었다고 한다.

그리고 여기가 장주의 인장의 점이 찍힌 곳이 가리키는 곳이다.

여기에 뭔가 있다는 건데…….

아직 확신할 수는 없지만, 왠지 진짜 계약서가 숨겨져 있을 것 같았다.

곧바로 수색을 시작하려다가 잠시 멈칫했다.

전설이지만, 그래도 이 서호가 탄생하게 한 이들인데 예는 갖춰야 하지 않나 싶었으니까.

절은 안 해도 향 정도는 피워야지.

나는 팔갑에게 향을 사 오라고 했고, 팔갑은 금세 향을 사 왔다.

그 향에 불을 붙여 향로에 향을 꽂았다.

향에서 피어난 연기가 위쪽으로…….

음?

연기가 피어오르는 방향이 어딘가 좀 이상했다. 보통은 위쪽으로 빠져나가는데 살짝 방향이 수상하게 꺾여 있었기 때문이다.

연기가 향하는 곳은 전각 왼쪽의 벽.

그곳으로 고개를 돌리다가, 순간 나도 모르게 벌떡 일어났다.

"주군?"

"잠시만요."

나는 그 벽으로 향했고, 벽 사이로 빠져나와 있는 실을 발견했다.

설마?

보통 나무로 만드는 것과 달리 벽돌을 정교하게 쌓아 만든 벽이었다.

그렇다면…….

벽돌을 조심스럽게 위쪽으로 밀어 올렸다.

끼익, 끽.

벽돌이 위로 밀려 올라갔고, 그 안에 흙으로 메워진 흔적이 보였다.

내가 본 실은 흙 안에 묻혀 있었다.

이거군!

퍽! 퍽!

비수로 흙을 파내자, 검은색의 얇고 긴 상자가 보였다. 실은 그 상자와 이어져 있었다.

"후……."

나는 차분하게 심호흡을 하고 상자를 꺼냈다.

둘둘 말린 두루마리가 들어 있었고, 이를 꺼내 펼쳐 보았다.

이건 항주 성가의 성지명과 양양무관 백을지와의 ××에 위치한 땅 오백 평을 임대하는 것에 대한 진짜 계약서이다.

나 성지명은 나의 구명지은에 대한 보답으로 매년 은자 다섯 냥에 양양무관에 그 땅을 영구적으로 빌려 줄 것을 약속한다.

만약 이 약속을 깨고 나의 자손이 퇴거를 명하면 그 순간, 그 땅에 대한 권리는 양양무관으로 넘어가며 임대에 대한 대가 역시 납부할 의무가 사라진다.

그리고 몇 가지 내용이 더 적혀 있었다.

뒷장은 아들인 현 장주에게 보내는 서신이다.

.

.

.

그 내용을 살피다가 나도 모르게 웃음을 터뜨리고 말았다.

"하하하."

"왜 그러십니까요?"

"전대 성 장주가 참 보통이 아닌 것 같아서."

아마 이에 대해서 양양무관의 전대 관주도 알고 있었을 터였다.

하지만 갑작스럽게 죽으면서 이를 전하지 못한 게 아닐까 싶다.

그럼 이걸 왜 이곳에 숨겼을까?

그건 아마도 성지명 장주가 자신의 아들의 성품을 너무나도 잘 알았기 때문이다.

압도적으로 성 장주에게 불리한 내용이니까.

아마 이 계약서의 존재를 안다면 어떻게든 없애려고 했겠지.

연화루의 루주가 은해상단에 존재하는 계약서를 없애려고 방화를 저질렀던 것처럼.

물론 이번 삶에서는 내가 막아서 미수로 그쳤지만.

그리고 이건 자신의 아들에 대한 시험이기도 했다. 뒷장의 서신이 그걸 증명했다.

또한 장주는 혹시라도 자신의 아들이 퇴거를 명했을 때, 훗날 계약서에 대해 알지 못하고 양양무관이 당할 것을 염려하여 자신의 인장에 표식을 남겼다.

그나저나 이걸 보고 소탐대실이라고 해야 하나?

그런데 양양무관이 전대 성 장주의 구명지은이라고? 현 성 장주는 이에 대해 모르고 있는 건가?

알고 있으면서 그랬으면 진짜 나쁜 놈이지.

만약 현 성 장주가 양양무관이 그 아버지와 가문의 은인임을 알면서도 그리 비정하게 나왔다면 그땐 내가 좀 심하게 해도 전대 장주는 이해하실 거다.

내가 이걸 발견하지 못했으면 양양무관은 그곳에서 쫓겨났을 테니까.

내 이전 삶에서처럼 말이지.

물론 내가 이곳에 온 이상 이전 삶에서처럼 열악한 환경에 처하게는 하지 않았겠지만.

내 손에 들린 진짜 계약서를 보며 이걸 어찌 처리해야 할지 고민하다가 문득 좋은 생각이 떠올랐다.

내게는 황제 폐하께서 주신 아주 좋은 신분이 하나 있다.

그걸 좀 활용하더라도 이해해 주시겠지.

그 전에 성 장주가 양양무관이 그 아버지와 가문의 은인이라는 것을 알고 있는지 확인해 봐야 할 듯했다.

춘일에게 부탁해야겠군.

.

.

.

이틀 후.

나는 서호가 잘 보이는 호숫가에 서 있었다.

그런 나에게 웬 아리따운 기녀가 다가왔다. 기녀를 본 팔갑이 움찔하며 막으려고 했지만, 내가 이를 제지했다.

"내 손님이야."

"네?"

"춘일."

"……!"

내 말에 팔갑은 깜짝 놀라 두 눈을 크게 떴고, 내 주변의 호위들 역시 마찬가지 반응이었다.

그만큼 춘일의 변장술은 최고의 경지에 다다라 있었다.

"역시 알아보셨네요. 호호호."

"전에는 점소이더니, 이번에는 기녀입니까?"

"까다로우신 의뢰인의 의뢰를 위해서랍니다."

"그래서 알아보셨습니까?"

내 물음에 춘일은 고개를 끄덕였다.

"네, 제겐 그리 어려운 일이 아니니까요. 의뢰에 대해 먼저 말씀드리자면, 알고 있더군요. 양양무관이 전대 성 장주의 구명지은이자 가문의 은인이라는 것을요."

"……."

진짜 나쁜 놈이구나.

다음 날, 나는 현청으로 향했다.

내가 가진 진짜 계약서에 찍힌 인장이 전 성 장주의 것이 맞다는 것에 대한 공증을 위해서다.

이게 진짜 계약서라는 공증을 받아야 일이 수월하게 풀리기 때문이다.

하지만 지현은 인장에 대한 공증을 거부했다.

아니, 오히려 나를 죄인으로 몰아붙이려 했다.

"이건 가짜가 아니냐?"

"네?"

"위조된 것이지. 지금 어디서 가짜를 가지고 와서 본관의 눈을 흐리려 드는 것이냐?"

나는 속으로 한숨을 내쉬었다.

역시, 사람은 안 변하는구나.

시기나 지역을 고려하면 이 지현도 이전 삶에서 뇌물을 받고 술 판매를 묵인해 주었다가 극형을 당한 인물 중 하나일 테지.

그때 관리들도 여러 명이 극형을 당했다고 들었으니까.

그런 자라면 성 장주에게 상당한 돈을 받아먹고 있고, 앞으로도 받아먹을 예정일 거다.

"여봐라! 저 발칙한 놈을 당장 포박하라!"

"네!"

포졸들이 나에게 달려들던 그때.

나는 품에서 감찰어사의 신분패를 꺼내며 말했다.

"지금, 황제 폐하의 어사를 핍박하시는 겁니까?"

"어, 어사?"

지현은 당황한 얼굴로 내게 다가오더니, 신분패를 확인하고는 깜짝 놀라 뒤로 넘어졌다.

"흐익!"

"그래서, 얼마나 받아 처 드셨습니까?"

(은해상단 막내아들 10권에서 계속)

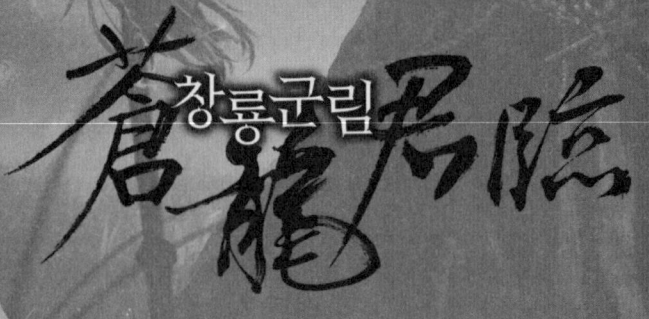

중원 무림의 끝 가옥관, 그곳에 불사신이 있다!

『천하제일 대사형』『천검지애』
무협의 거장, 북미혼이 돌아왔다!

『창룡군림』

중원 무림의 끝 가옥관,
하루도 전쟁이 끊이질 않는, 사지(死地)

갑작스러운 적군의 침공으로
전우가 모두 죽은 마지막 순간

진무성에게 찾아온 기연, 만년음양천지과
상서로운 열매는 그에게 죽지 않는 육체를 주었고

"두 번 말하지 않는다, 괜한 목숨 버리지 마라."

압도적인 내공과 신기에 다다른 창술로
정의를 부르짖는
진무성의 행보가 중원을 관통한다!

창룡군림 蒼龍君臨

북미혼 신무협 장편 소설